AF282463

Silke Förster

24 Mal werden wir noch wach

Bibliografische Information der Deutschen Nationalbibliothek:

Die Deutsche Nationalbibliothek verzeichnet diese Publikation in der
Deutschen Nationalbibliografie; detaillierte bibliografische Daten sind im
Internet über http://dnb.d-nb.de abrufbar.
© 2025 Silke Förster
Verlag: BoD · Books on Demand GmbH, Überseering 33, 22297 Hamburg,
bod@bod.de
Druck: Libri Plureos GmbH, Friedensallee 273, 22763 Hamburg

ISBN: 978-3-8192-7887-7

24 Mal werden wir noch wach
Silke Förster

24 Mal werden wir noch wach

24 Adventsgeschichten

Nikolausstiefel

Machen wir Bescherung
vor oder nach dem Essen?

Père Noël & Goldgnocchis

Der Buchstabenladen

Der Duft der Orangen

Der längste Tag im Jahr

Wir schenken uns nichts

Der Nikolaus ist ein Entführer

Father Christmas &
Feuerzangenbowle

Katze Bertha

Es gibt ihn wirklich

Die mintfarbene Blechdose

Raclette oder Fondue

Allein auf dem Weihnachtsmarkt

Mikołaj &
Heiße Erdbeermilch

1. Dezember

In der ersten Reihe

Wie jedes Jahr am Morgen des 24. Dezembers wurde der Deckel angehoben und die Schachtel mit den unzähligen Weihnachtsdekorationen geöffnet.

Dafür war René, das kleine Rentier zuständig. Es war das Stärkste, was sich in dieser Schachtel befand. Punkt Mitternacht bohrte René sein Geweih gegen den Deckel, bis dieser sich vom Karton löste und den Blick auf den prächtigen Weihnachtsbaum freigab. Dieser wurde traditionsgemäß am 23. Dezember geschlagen und in die gute Stube getragen.

Als Erstes hüpfte die kleine lila Kugel an ihm vorbei aus dem Karton. Sie war die Jüngste und konnte es kaum abwarten, den Baum zu sehen.

René putze sein Geweih, welches bei der Befreiungsaktion ein wenig Staub abbekommen hatte und gesellte sich zu Jasmin. Die junge

Kugel durfte noch nie an einem Silberfaden an einem Weihnachtsbaum hängen.

Er hatte im Gegensatz zu ihr schon viele Weihnachtsbäume gesehen, aber dieses Jahr hatte er den Verdacht, dass der Baum noch größer, breiter und schöner war, als in den anderen Jahren. Unsanft wurde er an die Seite gedrängt:

Strohstern Thomas richtete seine Halme und zog die Stirn kraus, als er bemerkte, dass wieder einmal ein paar Falten und Risse dazugekommen waren. Genau wie René blickte er staunend auf den grünen Nadelbaum. Für ihn hatte es hier schon viele Weihnachten gegeben, seit Anja ihn damals aus dem Kindergarten mitgebracht hatte.

Lars, der kleine rosafarbene Metallvogel, schlug kräftig mit dem weißen Kunstfaserschwanz, flog elegant aus der Kiste und hielt Ausschau nach seinem Platz am Baum.

Die amerikanische grüne Gurke Donald war genau wie Jasmin, noch nicht so lange dabei wie die anderen.

»Ich will raus! Holt mich raus! Ich habe mich verheddert!«, das Lametta schrie um Hilfe. »Warum kann man mich nicht einmal vernünftig aufwickeln? Jedes Jahr bleibe ich an den ganzen Ösen und Haken im Karton hängen!«

»Ich muss zuerst an den Baum!«, rief die Gurke. »Ihr müsst mich so gut verstecken, damit mich die Kinder nicht sofort finden!«

»Blöde Gurken-Tradition! Wer hat diesen amerikanischen Mist eigentlich hier eingeführt? Ich hätte das nicht erlaubt, aber mich hat ja niemand gefragt«, schimpfte der Strohstern.

»Haha! Als ob noch irgendwer den Bastelkram aus den 70ern am Baum sehen möchte. Pure Nostalgie! Bald werfen sie dich in den Müll!«, lästerte Donald und hielt Ausschau nach dem besten Versteck für sich.

In den Vereinigten Staaten kannte man diese Tradition schon lange, da brauchte niemand zu verhandeln, ob er oder sie mit an den Baum darf oder ob dies Kitsch sei.

»Genau! Strohsterne und Lametta sind schon lange out! Seht mich an! Lila, jung und fesch! So sollte die Kugel der ersten Reihe aussehen«, kokettierte Jasmin.

»Sind wir nicht alle bunt?« Edgar, die filigrane Holzschnitzerei aus dem Erzgebirge schob die anderen zur Seite.

»Mach Platz, dein Ossibonus ist vorbei. Viel zu teuer und altmodisch seid ihr in eurem Gebirge! Das will heute kein Mensch mehr«, Jasmin konnte ihr vorlautes Mundwerk nicht halten. Der Platz in der ersten Reihe war der jungen Kugel sehr wichtig.

»Ja, früher war einfach mehr Lametta!« Silver lief eine Träne über seine langen silbernen Streifen.

»Bleihaltig! Ökonomisch gar nicht mehr zu vertreten«, spottete Bibo, der stolze Vogel.

»Dein Plastikschwanz ist aber auch in die Jahre gekommen. Man sollte ihn mal durch Naturhaar ersetzen«, lästerte Jasmin.

Bibo kniff seinen Schnabel zusammen.

»Ich bin seit fünfundfünfzig Jahren dabei und sitze Jahr für Jahr am selben Platz, immer oberhalb der mintfarbenen Keksdose. An der Stelle, wo Sonjas Geschenke liegen.«

»Sonja, die alte Frau! Die bekommt doch nur noch Diabetikermarmelade und selbstgemalte Bilder«, lästerte Donald und versuchte, ein paar Zentimeter weiter in das Innere des Baums vorzudringen. Er hatte das passende Versteck für sich immer noch nicht gefunden.

Plötzlich klopfte es zaghaft in der großen Schachtel. Eine leise helle Stimme bat um Hilfe. Erschrocken schauten sich René und Thomas an. Sie hatten die alte Lady ganz vergessen.

Rosamunde war die Älteste. Die silberfarbene Kugel mit weißen samtartigen Ornamenten, kam nicht mehr allein aus ihrem Bett aus feinem Seidenpapier. Dort war sie seit Jahrzehnten das Jahr über sicher verwahrt und wartete darauf, dass man sie an Heiligabend am Baum bestaunte.

»Bitte helft mir!«, bat Rosamunde die Jüngeren und stieg mit Hilfe von Thomas dem

Strohstern und Donald der Gurke majestätisch aus den Tiefen der Schachtel. René nahm ihr schnell noch das Seidenpapier ab.

Sie hatte die meisten Bäume kommen und verschwinden sehen. Lachen und Tränen. Sie kannte alle Familienbräuche, die sich mit den Jahren immer mal wieder verändert hatten. Sie erinnerte sich an strahlende Kinderaugen, die sich noch über selbstgestrickte Pullover und Mandarinen gefreut hatten. Enttäuschte Gesichter, wenn unter dem Tannenbaum nicht der erhoffte PC oder das neuste Handy zu finden war.

Ehrerbietig blickte sie auf den Baum und verneigte sich. Es war ihr eine Ehre, auch dieses Weihnachten wieder dabei sein zu dürfen. Wer weiß, was nächstes Jahr sein würde.

Ihre Ornamente bröckelten immer mehr von der hauchzarten, mundgeblasenen Glasoberfläche ab. Ahnte sie bereits, dass es vielleicht ihr letztes Weihnachten sein könnte?

»Bitte helft mir an den Baum. Egal an welchen Platz, ich möchte nur noch einmal dabei sein und mit euch so feiern, als wäre es das letzte Mal.«

René und Thomas halfen ihr an den schönsten Platz überhaupt. Weit oben, wo die Kerzen sie besonders zum Strahlen brachten und sich das Licht in ihrem alten Glas tausend Mal schöner brach, als in all den neuen Materialien. Von hier aus konnte sie die Familie beobachten:

Sonja, die strahlte, wenn sie ein selbstgemaltes Bild erhielt, früher von ihrer Tochter, jetzt von den Enkelkindern.

Lea, die eine Träne fortwischte, da in der gekauften Pralinenschachtel vermutlich wieder nicht der ersehnte Verlobungsring lag.

Ulf, der sich in die hinterste Ecke vom Wohnzimmer zurückgezogen hatte, um mit seiner neuesten technischen Errungenschaft in seine virtuelle Welt abzutauchen.

Rosamunde schloss die Augen und genoss den Moment: den Duft der Kiefer, den Wachs der gutgelagerten Kerzen. Aus den Blechdosen strömte ein Hauch von Zimt und Kardamom.

Vermutlich würde sich dieses Jahr niemand mehr die Mühe geben, sie zu putzen und vorsichtig in Seidenpapier einschlagen, wie es ihrem hohen Alter gebührte.

Weihnachten, ein Jahr später:

Wie immer am Morgen des 24. Dezembers wurde der Deckel von der Schachtel mit den unzähligen Weihnachtsdekorationen angehoben.

Nein, nicht genau wie jedes Jahr:

Als René das Rentier den Deckel von der Schachtel warf, klirrte es im Inneren. Erschrocken zog er vorsichtig das Seidenpapier aus dem Karton.

Es war nicht mehr so glatt und rund wie in all den anderen Jahren. Zerknittert, zerquetscht, als wenn etwas Schweres darauf gelegen hätte.

Er zitterte, als er es vorsichtig auseinanderzog: Die kleinen silbernen Glasscherben verstreuten sich auf dem Holzparkett.

Zum allerersten Mal würde Rosamunde, die alte Kugel, dieses Jahr nicht mehr mit ihnen zusammen am Baum hängen.

2. Dezember

Wer nimmt Oma Ochsenfurt?

Und jedes Jahr stellte sich dieselbe Frage:
Wer nimmt dieses Jahr Oma Ochsenfurt?

»Wir sind dieses Jahr bei Werners Mutter!«
Elke hatte sofort eine Entschuldigung.

»Bei uns geht es auch nicht. Ruben hat eine
neue Freundin. Die übernachtet bei uns und
außerdem ist sie Veganerin!« Andrea wurde sehr
energisch.

»Was hat das mit Oma Ochsenfurt zu tun?«,
wollte Sandra, die jüngste Schwester wissen.

»Oma besteht doch traditionell auf Rehrücken
mit Rotkohl und Speck!«, erinnerte Andrea die
anderen.

»Dann soll sich Rubens Freundin an den
Klößen sattessen!«

»Ach, Ruben schämt sich sicher, wenn wir
Fleisch essen.« Andrea nahm die mögliche
Schwiegertochter in spe in Schutz.

»Letztes Jahr hatte er eine Freundin mit Glutenunverträglichkeit. Die konnte keine Klöße essen.« Elke zeigte kein Verständnis für die Ausrede, Oma nicht übernehmen zu wollen.

»Und weil Ruben eine fleischfressende Familie hat, läuft ihm die Freundin weg?«, fragte Elke nach.

»Wir haben Oma letztes Jahr schon genommen. Dieses Jahr ist wer anders dran!«, Andrea schaute die Schwestern erwartungsvoll an.

»Kann sie denn nicht zu ihrer Schwester nach Kühlungsborn fahren?«, Elke blickte die Schwestern fragend an.

»Die fliegt doch jedes Jahr nach Spanien«, wusste Sandra.

»Dann soll Oma mitfliegen und die beiden alten Frauen haben Spaß zusammen.«

»Oma steigt in kein Flugzeug. Flugangst!«, die Möglichkeit schied für Elke definitiv aus.

»Ich kann keinen Rehrücken und Rotkohl gibt es bei mir nur aus dem Glas«, Sandra hob abwehrend die Hände.

»Trotzdem kannst du sie einladen. Du bist doch eh alleine«, Elke ließ nicht locker.

»Das will sie aber gar nicht. Nur zu zweit ist es ihr zu langweilig bei mir. Keine schreienden Enkel und so weiter.«

»Früher hat sie immer gemeckert, wenn die Kleinen so laut waren.«

Betreten schauten sich alle an.

Oma Ochsenfurt war weder böse noch geizig, aber eben anstrengend!

»Das haben wir immer schon so gemacht!«, war ihr Leitspruch und was sie nicht wollte, konnte sie überzeugend abwehren. Weihnachten war halt immer etwas stressig, wenn sie zu Besuch kam. Diejenige von ihnen, die das Los der Küchenchefin gezogen hatte, konnte das Fest vergessen.

»Ich habe es vorletztes Jahr mit Küchenwein versucht und war um 11.00 Uhr blau.«

Elke konnte sich noch genau erinnern, wie sie sich das Fest schöntrinken wollte. Das hatte für sie zu einem abrupten Ende geführt: Noch vor dem Kaffeetrinken lag sie im Bett.

Das Essen wie beschrieben war Tradition, da gab es keinen Kompromiss und ja: Es war Pflicht! Oma hatte es bereits vor 55 Jahren für ihren Lothar zubereitet. Gott sei ihm gnädig.

Der Nachtisch, Welfenspeise aus rohen Eiern, wurde ihr zuliebe oder besser gesagt, auf ihren unmissverständlichen Wunsch hin, immer noch zubereitet. Allerdings verschwanden fast alle Schälchen genauso voll in der Küche, wie sie zuvor herausgetragen worden waren.

»Habt ihr denn keinen Hunger mehr? Nachtisch geht doch immer.« Oma hatte ihr Schälchen leergelöffelt und sich das nicht angerührte ihrer ältesten Tochter auch noch auf ihr Platzdeckchen herangezogen.

»Können durch Kerzenwärme Salmonellen entstehen?«, hatte Marlon, ihr ältester Enkelsohn wissen wollen und beobachtete andächtig, wie die gelbe Sauce vom Löffel ins Puddingschälchen tropfte.

»Was ihr immer habt! Nach dem Krieg waren wir froh, wenn unsere Mutter uns so einen tollen Nachtisch gezaubert hat. Kann man einer alten Frau nicht einfach ihren Wunsch erfüllen?«

Oma Ochsenfurt hatte nicht nur Wünsche, sie wusste auch ganz genau, warum Andreas Baum am ersten Weihnachtstag schon nadelte und Elkes Rosen würden bei dem Rückschnitt im nächsten Jahr garantiert nicht blühen: »Die müssen bereits im Herbst kräftig zurückgeschnitten werden!«

Und so stellte sich jedes Jahr aufs Neue die Frage: »Wer nimmt Oma Ochsenfurt?«

»Sandra, wenn du sie schon nicht nimmst, rufst du sie aber an und sagst ihr, dass sie dieses Jahr zu Hause bleiben muss«, Elke versuchte, das Thema zum Abschluss zu bringen.

»Ich? Wie soll ich ihr das klarmachen? Ihr seid doch alle verplant!«

Die zwei Frauen kreuzten die Arme vor der Brust und schüttelten den Kopf. Sie waren sich einig: Sandra war die Botin, die Überbringerin der Nachricht.

Die Jüngste telefonierte lange, sehr lange. Elke und Andrea wurden nervös, da die Schwester gar nicht ins Zimmer zurückkehrte.

»Sie lässt sich garantiert um den Finger wickeln!«, Andrea schüttelte den Kopf.

»Sie kann sich nicht durchsetzen!«

»Können wir ja auch nicht«, die Schwester hatte Verständnis für Sandra.

»Soll ich mal schauen?«

»Ne, lass mal, nachher will sie auch mit uns sprechen und dann haben wir sie an der Backe.«

Sandra kam fröhlich und gut gelaunt, das Handy in der Hand aus dem Nebenzimmer zurück und lehnte sich an den Türrahmen.

»Und? Was hat sie gesagt?«

»Ist sie sauer?«

Sandra schüttelte den Kopf: »Ich fahre dieses Jahr zu Oma Ochsenfurt.«

»Zu ihr? Ich dachte das geht nicht? Du kannst doch gar nicht kochen!«

»Hattest du keine Ausrede?«

»Ich fahre freiwillig. Sie möchte uns ihren neuen Mann, ihren Lebensgefährten vorstellen, hatte aber sofort Verständnis, dass wir schon verplant sind. Oma freut sich, dass zumindest ich zu ihr komme.«

»Naja, da wäre ja auch etwas machbar gewesen, wenn wir das eher gewusst hätten«, Andrea überlegte.

»Ihr neuer Partner ist wohl ein begnadeter Koch. Er hatte lange Zeit ein angesagtes Restaurant in Würzburg.«

»Ein Koch kann sicher auch noch zusätzlich etwas Veganes zaubern ...«, Andrea schaute in die Runde.

»Welfenspeise bereitet der aus Hygienegründen garantiert nicht zu«, da war Elke sich sicher.

»Mädels, zu spät! Ich fahre alleine. Vielleicht buchen wir für nächstes Jahr ein halbes Dutzend Hotelzimmer in Ochsenfurt? Mit dem Zug fährt man in zwanzig Minuten nach Würzburg auf den Weihnachtsmarkt. Das wäre doch vielleicht mal eine Alternative zu Rehrücken und Welfenspeise?

Rubens Freundin, was auch immer die nächste Dame für Vorlieben zeigt, wird dort auch satt, wenn sie denn mitmöchte. Oma klang ganz entspannt!«

Andrea überlegte und fragte aufgeregt: »Meint ihr, die haben auch dieses Jahr noch Hotelzimmer frei?«

3. Dezember

Eingeschneit

Der Sturm hatte zugelegt, die Schneehöhe war inzwischen beängstigend angewachsen.

Schließlich war es unmöglich geworden, den Weg bis zur Straße freizuschaufeln. Nach wenigen Minuten waren die Platten bereits wieder mit Schnee bedeckt.

Christa hatte sich lange abgemüht – immer wieder schaufelte sie die Schneemassen zur Seite, bis sie keinen Platz mehr zum Ablegen hatte. Bei jedem Auto horchte sie auf, lief zum Fenster oder ging noch einmal nach draußen, um noch etwas Schnee wegzuschieben.

Es war Heiligabend und wie jedes Jahr erwartete sie ihren Sohn, dieses Jahr mit Frau und Enkelkind. Vorletztes Jahr war Norbert gestorben, ihr Mann. Weihnachten fiel aus. Sie konnte den Gedanken nicht ertragen, ohne ihn unter dem Baum zu sitzen. Letztes Jahr fand Weihnachten ebenfalls nicht im gewohnten Rahmen statt.

Miriam, ihre Schwiegertochter, brachte an Heiligabend überraschenderweise, zehn Tage zu früh, Christas erstes Enkelkind zur Welt.

Dieses Jahr hatten die drei sich bei ihr zu Heiligabend angemeldet. Weihnachten sollte mit dem neuen Erdenbürger wieder wie früher, oder zumindest so ähnlich gefeiert werden.

Das Festnetztelefon war seit Stunden schon tot. Der Satellitenempfang war hier, am Ende der Welt, auch schon bei Sonnenschein katastrophal. Kurznachrichten wurden als nicht zugestellt angezeigt, Anrufe mit dem Hinweis, der Empfänger sei nicht erreichbar, beantwortet. Dann fiel auch noch der Strom aus, Christa zündete die herkömmlich dekorierten Wachskerzen am Baum an. Die schon deutlich heruntergebrannten vier Kerzen am Adventskranz brachten ebenfalls etwas Licht.

Noch ein letztes Mal versuchte sie den Schnee auf dem Weg zum Haus wegzuschieben.

Wo die drei parken könnten, war nicht geklärt. Wichtig war, dass ihr Haus erreichbar blieb.

Es war Mitternacht, als sie die Kerzen am Weihnachtsbaum löschte. Es war dunkel. Auch dieses Jahr würde es keinen feierlichen Heiligabend geben, sie würde zu Bett gehen.

Ein heftiges Klopfen an der Tür ließ sie erschrecken, dann aber freudig die Tür aufreißen. Hatten es die Kinder doch noch geschafft?

Fünf Personen standen vor der Tür und schauten sie mit roten Gesichtern, Schnee in den Haaren und warmen Atem in die Hände pustend an: Es waren nicht ihre Kinder.

»Bitte, dürfen wir hereinkommen? Unser Auto ist steckengeblieben, wir können nicht weiter. Der Schnee ist zu hoch. Es ist bitterkalt draußen!«

Sie dachte an Miriam und Niklas, die vielleicht genau in diesem Augenblick an einer fremden Tür klopften. Vermutlich waren auch sie in der Kälte dort draußen.

»Kommt rein!«, sie hielt die Tür auf.

»Trauen sie sich zu, ein wenig Holz zu spalten? Dann kann ich den alten Ofen hier befeuern.«

Der ältere der beiden Männer nickte eifrig und machte sich an die Arbeit. Vermutlich war er froh, sich körperlich betätigen zu können und sich wieder etwas aufzuwärmen.

»Sind das echte Kerzen?«, staunte der vielleicht zehnjährige Junge, der zu einem der Paare gehörte.

Christa nickte: »Dort auf dem Schrank liegen noch weitere Kerzen. Brech die Wachsstummel aus den Halterungen raus und steck neue hinein.«

Auch der Junge war sofort bereit, zu helfen, damit sie Licht hatten.

»Nimm dir von den Keksen. Ich habe sie selber gebacken!«

»Echt? Von dir? Nicht aus dem Supermarkt? Meine Oma kann das auch, Mama hat keine Lust dazu.«

»Können wir auch etwas tun?«, fragte eine der Frauen, auch sie war sichtlich durchgefroren.

»In der Küche steht Glühwein. Wenn wir einen Topf ins Feuer stellen, wird er warm.«

»Und ich? Kann ich mich auch nützlich machen?«

Die jüngere, offensichtlich noch Teenager, schaute sich unsicher um. Sie trug zwar Stiefel, aber die Strumpfhose unter ihrem Rock hielt sicherlich nicht besonders viel Kälte ab. Christa war erstaunt, dass ein so junger Mensch nicht als Erstes nach WLAN fragte. Offensichtlich war Wärme heute wichtiger.

»Zuerst brauchst du einmal etwas Warmes zum Anziehen! Hier ist mein Kleiderschrank. Wenn es nicht peinlich ist, Sachen von einer alten Frau zu tragen, such dir etwas aus. Die graue Jacke ist besonders warm. Setzen Sie sich. Das Essen ist zwar kalt und ohne Strom kann ich es nicht aufwärmen. Fleisch und Pudding schmecken bestimmt auch so. Die Kerzen am Baum, Plätzchen und der Glühwein sollten für einen gemütlichen Heiligabend reichen.«

Der Ofen war beheizt, die Wachskerzen angezündet und der warme aromatisierte Wein in Tassen verteilt.

Christa saß mit den Fremden unter dem Baum. Es war nicht wie früher, aber das war es die beiden letzten Jahre auch nicht gewesen. Es war schön, Menschen um sich zu haben, die dankbar für ihre Gastfreundschaft waren, sich langsam öffneten und ihr Geschichten aus ihren Leben erzählten und lachten.

»Sind sie hier ganz allein?«, fragte der zweite Mann.

»Ja, und ich hatte keine Angst, Sie hereinzulassen, wenn das Ihre eigentliche Frage ist. Meine Familie ist vermutlich auch irgendwo dort draußen und ich hoffe, dass ihnen auch jemand die Tür öffnet und sie nicht im Auto eingeschneit sitzen. Noch einen Keks?«

4. Dezember

Engel Berthie

»Aua! So ein Mist!«

Ja, auch ein Engel darf einmal fluchen. Besonders ein so junger Engel wie Berthold, denkt Sandalphon, der Engel der Musiker.

Er kennt Berthie, wie er den Kleinen heimlich nennt, von klein auf.

Voller Liebe erinnert Sandalphon sich an den Tag, als dieser kleine Engel zum ersten Mal in die Engel-Musikschule kam, um Posaune spielen zu lernen.

In all den Jahrhunderten, nein Jahrtausenden, in denen Sandalphon Posaunen-Engel ausbildete, ist dem alten Engel kein größeres Talent begegnet. Wenn Berthold spielt, hören selbst die Vögel auf zu singen, um den himmlischen Klängen weit oben aus dem Himmel zu lauschen.

»Hast du dir weh getan, Berthie ... ähm ... Berthold?«

»Nur ein bisschen. Die Zweige pieksen. Aber viel schlimmer ist, dass meine Posaune verbogen ist«, sagte Berthold mit Tränen in den Augen. Er hatte, wie so oft beim Spielen in luftiger Höhe, das Gleichgewicht nicht halten können und war gegen einen Baum geflogen.

»Das kriegen wir schon wieder hin.« Sandalphon kannte einen guten Instrumentenbauer, der die Posaune wieder richten würde.

Mehr Sorgen machte ihm Bertholds Höhenangst, die immer wieder dazu führte, dass seinem Schützling beim Musizieren in luftiger Höhe schwindelig wurde und dieser kleine Kerl abstürzte.

Höhenangst sollte man niemals unterschätzen, sie hatte schon so manche Karriere verhindert und viele Wünsche waren auf der Strecke geblieben. Eine große Airline bot Flugangstseminare an, aber das war ja nicht das Gleiche. Berthie wollte nicht fliegen, sondern in der Höhe mit den anderen Engeln musizieren.

Es wäre so schade, wenn Berthold nicht weiter mit den anderen Engeln zusammen spielen könnte. Es musste doch eine Lösung für dieses Problem geben.

Sandalphon nahm seinen kleinen Schützling an die Hand und sie liefen zum Haus von Posautron, dem ältesten und erfahrensten Instrumentenbauer der letzten Jahrhunderte. Er hatte die Instrumente für die berühmtesten Engel der Himmelschöre gebaut und schon viele Unfallschäden behutsam wieder reparieren können.

Erst kürzlich die Geige der jüngsten Musikerin. Die Mädels hatten sich zickig hin- und her geschubst, um in der ersten Reihe zu stehen und dabei war die teure Geige beschädigt worden.

Und sogar das Instrument von Saxotron. Er war bei seinem ersten Flug mit seinem Saxofon an der Kirchturmspitze hängengeblieben und sein Gurt war gerissen. Sandolphon wollte ihm schon ein neues Instrument kaufen, aber Posautrons Ehrgeiz war es zu verdanken, dass auch dieses Instrument wieder repariert werden konnte und Saxotron nach ein paar zusätzlichen Flugstunden vorbildlich mit den anderen spielte.

Posautron runzelte die Stirn, als er Berthies Posaune sah, sie war bei dem Sturz extrem in Mitleidenschaft gezogen worden. Es würde schwierig werden, sie wieder komplett zu richten. Er versprach, sein Bestes zu geben.

Berthold und sein Lehrer sahen sich in dem verwinkelten Laden um: Keine Posaune glich der anderen, es schien, als gäbe es jedes Instrument mindestens zehn Mal in den unterschiedlichsten Ausführungen, Farben und Formen. Berthies Augen wurden immer größer bei diesen vielen Schmuckstücken.

Würde er je so ein imposantes Instrument in Händen halten dürfen, wenn er nicht schwindelfrei fliegen lernte?

Hinter der nächsten Ecke gab es keine Instrumente mehr zu bestaunen. Hier hing ein

Käfig, in dem ein großer weißer Vogel mit schwarzen Flügeln saß.

»Wer ist das? Was macht er hier?«, Berthie schaute Posautron fragend an.

»Das ist Albatron. Diese Vögel haben eine große Flügelspannweite und können sehr lange fliegen. Ein berühmter Politiker hat die weiten Wege früher immer auf den Flügeln eines solchen Tieres zurückgelegt. Seitdem eine andere Partei regiert, wird Albatron nicht mehr gebraucht. Bisher wollte niemand ein solches Tier bei mir kaufen, und so lebt der Albatros schon viele Jahre hier im Laden. Es wird Zeit, dass er mal wieder fliegen darf, sonst verkümmern noch seine Flügel.«

Sandalphon schaute von Albatron zu Berthie.

Das war doch vielleicht die Lösung für das kleine Genie.

Auf dem Rücken dieses Vogels würde er über den Wolken schweben und könnte sich ganz auf seine Posaune konzentrieren. Er bräuchte keine Angst mehr zu haben, mit zu wenig Flügelschlag während des Musizierens abzustürzen. Albatron würde ihm einen sicheren Thron bieten, die Kulisse würde einmalig sein, so wie sie eines berühmten Posaunenengels würdig war.

Der Albatros wäre sicherlich glücklich, auch endlich mal wieder mit den Flügeln zu schlagen und die Dunkelheit dieses Musikschuppens zu verlassen.

»Bitten Sie Albatron uns die Posaune vorbeizufliegen, wenn sie repariert ist. Wir nehmen den Albatros in unseren Himmelschor auf!«

Das Himmelskonzert der Engel hatte die Menschen schon immer begeistert, aber dieses Jahr war es das Schönste, das sie je gehört hatten.

Es war die Posaune, die in diesem Jahr besonders hervorstach. Ganz klar und nicht so wackelig, wie im letzten Jahr.

Manch einer behauptete, er hätte einen Albatros inmitten der Engelschar gesehen, aber das war bestimmt nur eine Erscheinung, nach der ein oder anderen Tasse Glühwein, oder?

5. Dezember

Regina auf dem Striezelmarkt

Er ist berühmt, der Dresdner Weihnachtsmarkt, auch Striezelmarkt genannt. Nachweislich der älteste Weihnachtsmarkt Deutschlands.

Regina war hier aufgewachsen, in der Neustadt. Nur einen Katzensprung über die Brücke entfernt von der historischen Altstadt. Wie oft waren sie als Kinder dort gewesen, wo es nach gebrannten Mandeln, heißem Punsch und fettem Fleisch roch.

Heute jedoch atmete sie den Duft der Erinnerung ein. Bilder ihrer Kindheit hier in Dresden erschienen vor ihren Augen. Regina hatte es sich nicht nehmen lassen und war nach vielen Jahren wieder hierher gefahren.

Zwischen der wiederaufgebauten Frauenkirche und einem der alten Häuser war ein Seil gespannt: Ein kleiner Nikolaus saß auf einem Fahrrad und fuhr immer vor und zurück.

Reginas Mann hätte das albern gefunden, aber den hatte sie ja auch zum Glück zu Hause gelassen. Er hatte gar nicht verstanden, was sie hier wolle. Ihre Kindheit kannte er nicht und was sie immer noch mit Dresden verband, verstand er auch nicht. So wie so vieles in ihrem Leben für ihn keinen Sinn ergab.

Plötzlich war sie wieder da, diese Leichtigkeit, die sie all die vielen Jahre vergessen oder besser gesagt: vermisst hatte. Ihre Gedanken drehten sich genauso schnell wie das Karussell mit den nostalgischen Pferden, die sich auf und ab bewegten. Als Kind hatte sie es damals nur unter Protest und Geschrei verlassen.

Ihre Nase nahm den Geruch von Zuckerwatte wahr, die ihr vorbeigehende Menschen unter die Nase hielten.

Ein klebriger roter Apfel hatte ihre neue Jacke berührt und obwohl es einen Fleck gab, hatte sie dieses Strahlen in ihrem Gesicht.

Plötzlich fasste jemand ihre Hände, zog sie zu sich und versetzte ihre Füße in einen schnellen

Walzerschritt. Sie tanzte, so wie sie noch nie in ihrem Leben getanzt hatte: schnell, lachend, fröhlich und gar nicht darauf bedacht, eine gute Haltung abzugeben.

Tanzen um des Tanzens willen, tanzen, um das Leben einzufangen.

Ihr Gegenüber hatte einen roten Mantel, einen langen Bart und strahlende Augen, freute sich, dass sie sich führen ließ. Führen in die Leichtigkeit, in die Fröhlichkeit, die sie seit ihrem Wegzug aus Dresden verloren hatte. Vielleicht hatte sie das alles auch gar nicht verloren, sondern nur hiergelassen, vergessen?

Der Nikolaus auf dem Seil fuhr jetzt rückwärts zurück zum Hausgiebel und in diesem Moment wusste sie: Ja, es gab auch ein Zurück in ihrem Leben!

Zurück an jenen Punkt, als sie die Lebendigkeit noch gespürt hatte.

Der Weg, der sie damals von hier fortgeführt hatte, war nicht ihr Weg gewesen. Sie gehörte genau hierher, wo Nikoläuse mit dem Fahrrad auf Seilen fahren.

Es hatte ihr bisher an Mut gefehlt, diesen Schritt zu wagen. Sich zu trennen, ins kalte Wasser zu springen und einen klaren Schnitt zu setzen. Noch einmal von vorne anzufangen und das Leben zu führen, das sie sich immer gewünscht hatte.

Der Weihnachtsmann, der sie die ganze Zeit im Arm gehalten und zur Musik geführt hatte, verbeugte sich zum Dank für den Tanz vor ihr und zwinkerte ihr durch seine silberfarbene Nickelbrille zu.

Regina hatte ihr diesjähriges Weihnachtsgeschenk soeben erhalten: die Antwort für ihre Zukunft, direkt vom Weihnachtsmann.

6. Dezember

Santa Claus

Er ist der mächtigste Weihnachtsmann überhaupt. Mit seinem weißen Bart ist er der Älteste und niemand verfügt wie er über zwölf Rentiere.

Seine berühmtesten heißen Dasher, Dancer, Prancer, Vixen, Donder, Blitzen, Cupid und Comet. Viel später kam dann noch Rudolph dazu.

Die Kinder legen immer Zuckerstückchen für sie aus, damit sie sich stärken können, wenn sie vorbeikommen.

Santa Claus fliegt mit seinem Schlitten hoch hinauf bis zum Schornstein, denn traditionsgemäß wirft er so die vielen Geschenke in die Wohnzimmer.

Manchmal rutscht er auch persönlich durch das Rohr bis in die warme Stube und packt die Geschenke in bunte Socken, die am Kaminsims aufgehängt sind.

Oft stehen Milch und Kekse bereit, denn auf einer so langen Reise muss ein Weihnachtsmann gut gestärkt sein.

Die Vorgärten sind meist bunt geschmückt wie auf einem Jahrmarkt. Jeder versucht, mehr Lämpchen an seinem Haus zum Leuchten zu bringen als der Nachbar. Künstliche Rentiere werden aufgestellt und die Kaufhäuser beschallen den ganzen Tag mit Christmas-Songs, egal ob traditionell oder die vierundzwanzigste Pop-Rock-Imitation.

X-mas nennen die Amerikaner ihr Fest gerne. Das »X« steht dabei für den ersten griechischen Buchstaben des Wortes Christus. Es wird hier am 25. Dezember gefeiert. Während die Familien laut singend ihren Truthahn verschlingen, fährt irgendwo in diesem Land auch ein berühmter Weihnachtstruck über die Straßen und spendiert schwarze Limonade.

Teepunsch-Essenz

1	Liter	Wasser
1	Kilo	Zucker
20		Nelken
2		Zimtstangen
2		Vanilleschoten
4		Apfelsinenschalen
4		Zitronenschalen
2	Teelöffel	schwarzer Tee
8		Apfelsinen
4		Zitronen
1	Flasche	Rum

Schäle die 4 Orangen und koche die Früchte mit Zucker, Nelken und den Zimtstangen in dem Wasser auf.

Presse die Orangen und Zitronen aus und gib den Saft ebenfalls in den Topf.

Lass alles aufkochen und fünf Minuten ziehen.

Gib den kalten Sud durch ein Sieb und füge den Rum hinzu.

Fülle die Essenz in hübsche Flaschen und vielleicht verschenkst du die eine oder andere zum Nikolaus.

Die Teepunsch-Essenz wird am Tisch esslöffelweise in eure mit Tee gefüllte Tasse gerührt. Die Menge ist natürlich Geschmackssache.

7. Dezember

Teatime bei Lady Winterfield

Seit Jahren war es Tradition, dass Charlotte Winterfield am 1. Adventssonntag zum Tee in ihr jahrhundertealtes Schloss einlud.

Das Besondere an diesen Treffen war allerdings, dass jedes Jahr nur zwei Einladungen verschickt wurden. Und wer diese beiden Personen waren, war streng geheim, nicht einmal ihr Butler Henry oder ihre Köchin Amy wussten, wer zum »five-o-clock-tea« erscheinen würde.

Auch die beiden Geladenen wussten bis zu ihrer Ankunft nicht, wer ihr heutiger Gesprächspartner sein würde.

So hatte es in den letzten 25 Jahren schon viele merkwürdige Begegnungen gegeben, die nicht immer friedlich verlaufen waren.

Die beiden Gäste trafen nie genau zur gleichen Zeit ein, sie sollten sich nicht schon im Schlossgarten begegnen.

Charlotte wollte es sich auf gar keinen Fall nehmen lassen, ihre verblüfften Gesichter zu sehen, wenn sie im Salon voreinander standen. Aus diesem Grund bat sie in den mit schwungvoller Handschrift geschriebenen Einladungen, um absolute Pünktlichkeit und die um vierundzwanzig Minuten unterschiedlichen Ankunftszeiten einzuhalten.

Lächelnd legte Charlotte den Füllfederhalter zur Seite, faltete die beiden Bögen und steckte sie jeweils in ein Kuvert. Genüsslich lehnte sie sich zurück: Der 1. Advent konnte kommen.

1. Advent 16.45 Uhr

Ein unscheinbarer Teenager mit dunkelbraunen, geflochtenen Zöpfen und leichten autistischen Gesichtszügen, zog an der altmodischen Klingel von Schloss Winterfield.

Butler Henry öffnete die Tür und verneigte sich.

»God dag«, grüßte der Teenager auf perfektem Schwedisch.

Henry half der heranwachsenden Dame aus dem grauen, etwas alternativ wirkenden Mantel und führte sie in den Salon zu Lady Winterfield.

Die alte Dame begrüßte das Mädchen sehr herzlich, bot ihr Platz an und erklärte ihr, dass der zweite Gast genau 24 Minuten später erscheinen würde.

Aber dieses Jahr klingelte es kein zweites Mal an der Tür, Henry führte niemanden in den Salon.

Dafür knallte es plötzlich sehr laut, ein Geräusch, ähnlich einer Pferdepeitsche.

Das Mädchen lief zum Fenster, um zu schauen, was im Schlosspark vor sich ginge.

Und dann erklang ein Poltern auf dem Dach, so wie Dachdecker, die über die Pfannen liefen.

Darauf folgte ein erneutes Krachen im Kamin und Rauch oder besser gesagt eine große Dreckwolke von Asche preschte durch die Öffnung in den Salon.

Und da saß er vor ihnen: ein alter weißhaariger Mann in einem roten Samtanzug und einer

Peitsche in der Hand. Seine kleine Nickelbrille war verrutscht und hing lustig über seiner Nase.

»Lady Winterfield! Ich habe Ihnen bereits letztes Jahr mitgeteilt, dass der Kamin regelmäßig und ordentlich gekehrt werden muss! Eines Tages bleibe ich hier mal hängen.«

Der alte Mann stand auf, putzte sich seine Hand an seinem Mantel ab und reichte sie der Lady mit einer kleinen Verbeugung zur Begrüßung.

Sein Blick ging zu der jungen Dame mit den Zöpfen. Sie hatte der Szene ungläubig mit offenem Mund zugesehen und schaute auch jetzt fragend den alten Mann an.

»Darf ich mich vorstellen? Ich bin Santa Claus. Der Santa Claus!«

»Und das ist Greta aus Schweden«, half Charlotte der jungen Dame, die immer noch kein Wort sagte, auf die Sprünge.

»Bitte nehmen Sie doch Platz. Ich werde in die Küche gehen und den Tee für Sie zubereiten.«

Lächelnd drehte sie sich um und ließ die beiden alleine zurück.

»Wollen wir uns nicht setzen?« Santa Claus schaute Greta fragend an und wartete, wie es sich für einen Gentleman gehörte, bis die junge Dame Platz genommen hatte.

»Sie sind doch nicht wirklich der Weihnachtsmann!«, platze es plötzlich aus ihr heraus.

»Doch, junge Frau! Der echte und wahrhaftige Santa Claus. Du bist doch auch die echte Greta aus Schweden, oder nicht? Sag ruhig du zu mir!«

»Das glaube ich nicht! Niemand rutscht durch den Kamin, um am »five-o-clock-tea« bei Lady Winterfield teilzunehmen!« Ihr Gesicht war die ganze Zeit ernst geblieben.

»Doch! Donder, du weißt, das ist mein sechstes Rentier, hatte mal wieder verschlafen und es gab nicht vorhersehbare Turbulenzen über den Wolken. Wir mussten einen Zahn zulegen, um wie von Lady Winterfield gewünscht, pünktlich zu erscheinen. Ihr Kaminschacht macht mir jedes

Jahr an Heiligabend zu schaffen. Wie oft habe ich sie gebeten, ihn ordentlicher zu reinigen. Aber sie hört nicht auf mich und irgendwann bleibe ich ganz sicher mal stecken. Sie sollte wirklich langsam auf erneuerbare Energien umsteigen und ihr Haus energetisch sanieren lassen. Den nächsten Energieausweis bekommt sie mit diesem alten Kasten ganz sicher nicht!«

Greta hob eine der eleganten Porzellantassen hoch und schaute sie bewundernd an: »Dafür benutzt Lady Winterfields Familie das Geschirr sicherlich schon viele hundert Jahre, das ist sehr nachhaltig und nicht verschwenderisch wie die vielen Plastikbecher und Strohhalme auf den Weihnachtsmärkten. Zum Glück sind die ja jetzt endlich verboten. Ich hoffe, du benutzt nicht jedes Jahr neues Geschenkpapier für die vielen Pakete die du austrägst?«

Santa schüttelte den Kopf: »Das Papier wird jedes Jahr von unseren Elfen fein säuberlich gebügelt, aufgerollt und wiederbenutzt. So hat es deine Oma früher sicherlich auch gehandhabt? Manchmal packen wir sie auch in Zeitung ein, aber die gibt es nicht mehr so viel. Seit dem E-paper haben wir nicht mehr so viel Altpapier zur Verfügung.«

»Du reist wirklich mit Rentieren an?«, fragte Greta ungläubig.

»Ja! Seit vielen hundert Jahren. Das ist sehr umweltfreundlich.«

Greta nickte: »Ja, die vielen Trucks die inzwischen über die Straßen fahren und schwarze Limonade verteilen, sollte man verbieten! Das ist nicht klimaneutral und mit dem Umweltschutz nicht zu vereinbaren.«

Santa stimmte ihr zu: »Ich vermute, dass es deswegen auch so viele nicht vorhersehbare Turbulenzen in der Luft gibt, die meinen Rentieren und mir die Fahrt so schwer machen. Vor einigen Jahren gab es das noch nicht. Da konnten wir den Fahrplan genauestens einhalten.«

»Ja, genau. Aber gibt es denn wirklich fliegende Rentiere? Ich dachte immer, das wäre nur ein Märchen für kleine Kinder«, fragte Greta.

Santa lächelte: »Mich gibt es wirklich, du musst nur ganz fest daran glauben, und wie ich sehe, habe ich ja selbst eine kleine Skeptikerin wie dich heute überzeugen können. Wir wollen beide das gleiche: eine friedliche klimaneutrale Welt, in der die Menschen auch in Hunderten von Jahren noch gesund leben können. Ich wünsche mir saubere Kaminrohre und turbulenzfreie Rentierflüge und du demonstrierst für saubere Straßen und dass der Himmel wieder blau wird.«

Lady Winterfield kam mit dem Tee und Ingwerkeksen auf einem silbernen Tablett zurück in den Salon. Sie ließ ihren beiden Gästen jedes Jahr die Zeit, sich alleine miteinander bekannt zu machen, und dieses Jahr sah die Situation sehr entspannt aus.

Santa und Greta lächelten sich beide an, und die Lady wusste, dass die Zusammenkunft der beiden ein voller Erfolg war. Ein sachlich politisch interessiertes Mädchen, aufgewachsen mit den Gimmicks des einundzwanzigsten Jahrhunderts, technikaffin mit den Möglichkeiten von Social Media vertraut und ein alter weiser Mann an ihrer Seite, der sich schon seit Hunderten von Jahren für den Frieden und die Liebe auf dieser Welt einsetzte.

Das war die ideale Paarung und Charlotte war sich sicher, dass bald schon die Presse über diese außergewöhnliche Zusammenkunft berichten würde.

Vielleicht konnten die beiden ja mal ein gemeinsames Projekt zusammen starten?

Charlotte zwinkerte Greta zu: »Zucker?«

8. Dezember

Cremefarbene Kugeln

Tatjana schob die Dachbodenluke auf und schaute sich suchend, oder eher verwundert um, dass hier auf dem Speicher nichts am gewohnten Ort stand.

Sie und Andreas waren gemeinsam die Holzstiegen hinaufgestiegen, um zusammen den Baumschmuck und die Weihnachtsdekoration vom Dachboden zu holen. Aufgeregt, die vielen kleinen Dinge nach einem Jahr wiederzusehen.

Etwas besorgt, ob etwas kaputtgegangen sein könnte. Vielleicht die alte Pyramide aus dem Erzgebirge, die Tante Elfriede ihnen damals zur Hochzeit geschenkt hatte. Die selbstgestalteten Zapfenzwerge, die Jessica in der ersten Klasse zum Nikolaus gebastelt hatte. Mit strahlenden Augen hatte sie ihre kleinen Kunstwerke damals am Nikolaustag auf den Tisch gestellt. Zugegeben, sie waren etwas in die Jahre gekommen, aber die Erinnerung hielt sie wunderschön. Genauso die Glaskugel, in der es schneite, wenn man sie umdrehte und dann zurück auf den Tisch stellte. Santa Claus mit Schlitten und zwölf Rentieren flog darin über die Landschaft. Andreas hatte sich damals großzügig gezeigt, nachdem sie auch auf ihrer vierten Runde über den Weihnachtsmarkt erneut an diesem Stand stehengeblieben waren und Tatjana ihren Blick nicht abwenden konnte.

Auch das war lange her, damals als sie frisch verliebt waren und Andreas ihr viele Wünsche von den Augen abgelesen hatte.

Dann kam die Phase, in der jede neue Weihnachtsdekoration kommentiert wurde, bei jeder neuen Errungenschaft mit den Augen gerollt und über jedes aufgestellte Teil heftig diskutiert wurde.

Wenn sie endlich gemeinsam unter dem Baum saßen, war die Familie glücklich, und alle fanden es wunderschön, wie sie aufwendig für das Fest geschmückt hatte.

Elf Monate sprachen alle davon, dass es an Weihnachten zu Hause doch am schönsten sei.

Bis es Dezember wurde und viel zu viele Kartons vom Dachboden ins Wohnzimmer geschleppt werden mussten.

Aber wo war dieses Jahr die Kiste mit dem Weihnachtsbaumschmuck? Den kleinen Lampen, den selbstgebastelten Strohsternen und den echten Wachskerzen?

Auch hier oben hatte alles seinen festen Platz und der Karton hätte in der zweiten Reihe, neben dem Christbaumständer, stehen müssen. Dort, wo er jedes Jahr im Januar verstaut wurde.

Hatte Andreas seine Aussage wahrgemacht und sie in die Mülltonne geworfen? Eine Androhung, die sie jedes Jahr von ihm zu hören bekam, wenn er die viele Dekoration sah, die entstaubt und aufgehängt werden musste. Meist verließ er dann fluchtartig unter irgendeinem Vorwand das Haus und kam erst Stunden später zurück.

Hatten die Kinder sie beim Einpacken herunterfallen lassen und sich nicht getraut, die Kugelscherben zu beichten?

Waren sie mit dem Altpapier in den vielen Kartons und Verpackungen letztendlich im Container gelandet?

Tatjana wurde nervös, noch zwei Tage bis zum Fest und sie musste noch alles einkaufen: Wild vom Jäger abholen, eine alte Tradition, die sie von ihrer Mutter übernommen hatte.

Die Geschenke in goldenem Papier verpacken und mit Glöckchen verzieren. Das Schleifenband über die Schere ziehen, bis es sich auf dem Paket ringelt.

Den Herrenpudding zubereiten, den Großmutter so liebte.

Aber wie sollte Weihnachten werden, wenn sie keine Kugeln mehr für den Baum hatte?

»Lasse, nein ...!« Tatjana schlug die Hände über dem Kopf zusammen. Ihr Hund hatte ebenfalls den Weg auf den Dachboden gefunden und streifte an ihren Beinen entlang.

Der Collie hatte bemerkt, dass sie vor lauter Sorge noch einen Karton übersehen hatte oder wusste er etwas, das sie nicht wusste?

In der Ecke stand eine wunderschöne, rote große Schachtel mit goldenen Sternen, welche mit einer großen Schleife versehen war.

Es wirkte ein wenig wie ein übergroßes Weihnachtsgeschenk. Wer versteckte hier auf dem Dachboden hinter der ganzen Dekoration seine Geschenke? Hatte sie etwas gefunden, dass gar nicht für ihre Augen bestimmt war?

Dann spürte sie Andreas Hände an ihrer Taille und sein Kinn legte sich an ihre Wange.

»Schau rein, Liebes!«

Tatjana zog aufgeregt mit so viel Spannung und Erwartung die Schleife auseinander, wie sie es zuletzt als Kind getan hatte.

Vorsichtig hob sie den Deckel hoch. Da lagen sie, funkelnd im zarten Cremeton, eine jede Kugel durch eine Pappwand von der anderen getrennt, damit sie nicht beschädigt wurden.

»Cremeweiß!«, hauchte Tatjana.

»Die hast du dir doch schon lange gewünscht!« Andreas strich ihr über die Wange.

»Ja aber, du schimpfst doch jedes Jahr, dass es immer mehr wird und dass wir keinen Platz mehr haben. Dass es zu viel ist!«

»Ja sicher! Aber ich freue mich auch jedes Jahr auf deine strahlenden Augen, wenn wir die Dekoration vom Dachboden holen, du alles vorsichtig aus dem Seidenpapier wickelst, sauberputzt und alles aufstellst. Genau dafür liebe ich dich!« Zärtlich küsste er sie auf die Stirn.

Und so gab es in diesem Jahr Wildfleisch und Herrenpudding und am Weihnachtsbaum neue cremefarbene Kugeln.

Lasse räkelte sich gemütlich in seinem Körbchen. Dem Hund schienen sie zu gefallen.

9. Dezember

Der Weihnachtsgipfel 3.0

Fortsetzung von »Der Weihnachtsgipfel« und »Der Weihnachtsgipfel 2.0«

Der Weihnachtsmann schnaufte vor Wut.

Zwei Weihnachtsgipfel hatte er jetzt erfolgreich gemeistert. Nach dem ersten Treffen war er sich sicher gewesen, dass es eine einmalige Sache gewesen sei, niemand hatte ahnen können, dass Corona ihn zu Weihnachtsgipfel 2.0 hatte zwingen können. Das war notwendig gewesen, um das Weihnachtsfest für alle sicher innerhalb der vorgeschriebenen Regeln zu gestalten. Corona war vorbei und somit auch alle Weihnachtsgipfel!

Jetzt aber war die Generation Z in dem Alter, wo sie mitreden wollte und alle getroffenen Regeln in Frage stellte. Verflucht nochmal, was war mit der Welt passiert, dass sie alles hinterfragen musste und nicht mehr an das Gute glaubte?

Hunderte von Jahren hatte er die Menschheit zu Weihnachten glücklich machen können und ihnen ein paar friedliche Tage beschert.

Jetzt wurden selbst das Fest und seine Traditionen in Frage gestellt. Schon auf dem ersten Weihnachtsgipfel hatten sie beschlossen, dass jedes Land das Recht habe, Weihnachten genau so zu feiern, wie es sich die Menschen dort wünschten.

»Die Generation ist kritischer. Sie will nicht Geschenke um jeden Preis. Sie will Nachhaltigkeit und hat Angst um unseren Planeten!« Miss Eurocent hatte bereits nachgeforscht und die Forderungen in einer Bildschirmpräsentation zusammengestellt.

»Sollen wir uns wieder in der besagten Großstadt treffen und beratschlagen?«
Der Weihnachtsmann schätzte ihren Rat.

»Nein, auf gar keinen Fall. Weite kostspielige Dienstreisen sind inzwischen verpönt, das Onlineformat, das sich während Corona gefunden hat, hat sich durchgesetzt. Niemand fährt hunderte oder fliegt mehr tausende Kilometer, um sich mit Geschäftspartnern zu treffen.«

»Gilt das auch für uns Weihnachtsmänner? Santa Claus nutzt Rentiere, Sinterclaas sein Schiff.«

»Das sind gute Möglichkeiten, die aber nicht alle Weihnachtsmänner haben. Wir sollten bei dem Onlineformat bleiben, da Generation Z gerade diese weiten Anreisen ablehnt.«

»Es wäre aber schön, sich auch einmal wieder persönlich zu sehen«, der Weihnachtmann dachte an die vielen kulinarischen Köstlichkeiten, die bei dem ersten Gipfel aufgetischt worden waren.

»Das kann ich verstehen, aber bei diesem Thema sollten wir darauf verzichten«, Miss Eurocent schüttelte den Kopf.

»Bereiten Sie bitte die Einladungen vor und schicken Sie den Einladungslink raus!«

Der Weihnachtmann gab sich geschlagen.

Sie hatten alle zugesagt, obwohl viele kundgetan hatten, dass sie eine Dienstreise mit persönlichem

Treffen bevorzugen würden. Das allererste Treffen vor vielen Jahren wäre vorzüglich organisiert gewesen. Face to face sei persönlicher als ein Onlinemeeting. Der Weihnachtsmann blieb auf Anraten von Miss Eurocent hart.

Die Teilnehmer waren deutlich routinierter als beim zweiten Gipfel. Das Onlineformat hatte sich durchgesetzt und die Mehrheit beherrschte es inzwischen weitgehend perfekt.

Die Hintergründe waren kreativer geworden und die Sitzposition dank intensiven Workshops perfektioniert, die restlichen Teilnehmer während der Redebeiträge stummgeschaltet.

»Nachhaltigkeit hin oder her, ich hätte ein persönliches Treffen besser gefunden. Das Miteinander geht völlig verloren«, merkte Père Noël an.

»Haben Sie ausgerechnet, wie viele Kilometer das gewesen wären, welche Kosten, welcher CO_2 Ausstoß?« Father Christmas verteidigte das Onlineformat.

»Kann denn eine Welt ohne persönliche Begegnungen überhaupt existieren?«, Sinterclaas schüttelte den Kopf.

»Mit verseuchter Luft sterben sie auf jeden Fall.« Auch Babbo Natale war es gelegen gekommen, dass er sein warmes Haus nicht verlassen musste.

»Was nutzt es, wenn sie 100 Jahr alt werden aber keine sozialen Kontakte pflegen?« Die Heilige Lucia verteidigte ihre Ansicht, dass sie persönliche Treffen für sehr wichtig hielt.

»Dann sollen sie sich vor den PC setzen und miteinander sprechen, SMS schreiben und telefonieren«, entgegnete Father Christmas.

»Da fehlt aber auf Dauer der Kontakt, das Berühren, das Menschliche«, setzte die Heilige Lucia nach.

»Pappalapapp! Spätestens wenn die KI sich durchgesetzt hat, werden wir nur noch mit Robotern sprechen«, Father Christmas gingen die Argumente nicht aus.

»Glauben Sie, dass das gesund ist?«, kam ein weiterer Einwand.

»CO_2 einzuatmen ist auch nicht gesund.«

»Ich sehe, wir können hier und jetzt keine Entscheidung treffen. Der nächste Tagesordnungspunkt bitte: E-Autos anstatt Benziner«, warf der Weihnachtsmann die nächste Forderung in den Raum.

»Kaum einer von uns benutzt ein benzinbetriebenes Gefährt. Wir kommen aus einer Zeit, da wir uns mit anderen Gefährten behelfen mussten«, bemerkte Sinterclaas als Betroffener.

»Bevor sie meckern, sollen sie sich erst einmal kundig machen, wie wir anreisen«, murmelte einer der Teilnehmer.

»Rentiere sind inzwischen auch tabu. Tiere zu zwingen, für uns zu arbeiten ist verpönt«, Santa Claus schüttelte den Kopf.

»Dann soll Generation Z den Schlitten selber ziehen! Aber Arbeit ist ja nicht ihr Ding. Jeder will Influencer werden und höchstens vier Tage die Woche arbeiten. Und dann auch nur fünf

Stunden am Tag! Ich sage nur: Worklifebalance«, warf Santa Claus böse ein.

»Sinterclaas wird sicherlich auch bald im Netz verrissen. Kreuzfahrten sind so verschrien, dass auch sein Schiff unter die Lupe genommen wird. Es ist ja nicht gerade das neueste und sparsamste Modell«, meldete sich Jultomten zu Wort.

»Soll man mit einer so alten Tradition brechen und ihm vorschreiben, dass er sich ein neues Schiff bauen soll?«, fragte der Weihnachtsmann in die Runde.

»Es hat ein H-Kennzeichen und Traditionen sollte man pflegen«, Sinterclass war beleidigt.

»Vielleicht lässt es sich noch mit Windkraft betreiben?«, Mikołaj suchte nach einer Lösung für den Kollegen.

»Glaubt ihr im Ernst, dass ich mir von der Generation Z vorschreiben lasse, keine Tiere mehr einzusetzen?«, Santa Claus schlug wütend auf den Tisch.

»Meine Tiere werden wie Menschen behandelt, es fehlt ihnen an nichts!«

»Das kann man doch bestimmt prüfen, bescheinigen lassen und vorlegen«, Mikołaj war sichtlich bemüht, Lösungen zu finden.

»Genug! Nächster Punkt!« Der Weihnachtsmann gab Miss Eurocent ein Zeichen, das nächste Thema der Agenda einzublenden: Geschenkverpackungen.

»Wir schenken uns schon lange nichts mehr.« Miss Eurocent war in ihrer Familie dem allgemeinen Trend gefolgt.

»Wir möchten nicht ihre privaten Gepflogenheiten erörtern. Wie werden in Ihrem Land die Geschenke verpackt?«, wollte der italienische Weihnachtsmann wissen.

»So wie die Menschen es von uns verlangen, es ist ihre Entscheidung, wir sind nur die Dienstleister.«

»Geschenkpapier sollte generell verboten werden«, warf der englische Nikolaus ein.

»Dann schaffen wir uns bald auch selber ab. Wir müssen schon aufpassen, dass wir nicht zu viel Personal einsparen«, Santa Claus war alt genug, um zu wissen, wie schnell weniger Arbeit zu Entlassungen führen konnte.

»Was hat die Verpackung mit unseren Dienstleistungen zu tun?«, hakte Father Christmas nach.

»Man könnte wiederverwertbare Verpackungen vorschreiben. Jutesäcke oder so.«

»Die sind aber hässlich! Gerade die ältere Generation wird daran keinen Gefallen finden«, gab die Heilige Lucia zu bedenken.

»Gefallen finden hin oder her. Unsere Welt steht vor einem Punkt, wo sie sich entscheiden muss, ob sie überleben will oder untergeht.«

»Das wird aber nicht an ein paar Jutesäckchen hängen«, die Schwedin konnte sich mit alternativen Verpackungen nicht anfreunden.

»Die Volkshochschulen könnten Kurse mit natürlichen Materialien anbieten...«, warf Mikołaj ein.

»Das müsste aber online angeboten werden, seit dem komischen Virus besucht kaum noch einer Kurse vor Ort«, antwortete Jultomten.

»Online basteln? Dann schaue ich mir lieber ein Tutorial an, das ist kostenlos.« Lucia kannte sich mit den technischen Möglichkeiten aus.

»Alles muss kostenlos sein, niemand investiert mehr«, stand plötzlich als Anmerkung im Chat.

»Das haben wir doch schon bei unserem ersten Gipfel festgehalten, dass Zeit zu investieren, das kostbarste auf der Welt ist«, der Weihnachtsmann erinnerte alle an ihr erstes erfolgreiche Treffen in seinem Land.

»Ja, um dann in Verruf zu geraten, weil man vor die Tür geht, Verkehrsmittel nutzt, die CO_2 ausstoßen und an den Pranger gestellt wird!«

»Aber doch nicht, wenn es um wertvolle Zeit für andere Menschen oder Projekte geht«, entgegnete der deutsche Vertreter.

»Wer soll denn beurteilen, ob mein Volkshochschulkurs Belustigung oder Weiterbildung ist?«, fragte Sinterclaas.

»Naja, die haben einen Bildungsauftrag...«, wusste Miss Eurocent, die tatkräftig mitschrieb.

»Bildungsauftrag hin oder her: Wenn mein Nachbar das als Spaß ansieht, bin ich der Blöde, der vor die Tür gegangen ist und kein Online-angebot genutzt hat«, Father Christmas sah das kritisch.

»Viele alte Menschen vereinsamen mit der ganzen Onlineschiene«, die Heilige Lucia vertrat weiterhin ihre Position als Gegnerin dieser Forderung.

»Viele sind auch gar nicht in der Lage, die Angebote zu nutzen, weil sie technisch nicht gut genug ausgestattet sind oder aufgrund ihres Alters die Formate nicht beherrschen.«

»Das ist kein Argument für Generation Z«, erwiderte Babbo Natale.

»Sollte es aber. Sie wollen moderner sein als die Generationen vor ihnen, aber klüger als ihre Kinder. So war es immer im Leben«, erwiderte der Gastgeber.

»Auch die jungen Leute leiden schon unter Einsamkeit, das hat es noch nicht oft in der Menschheitsgeschichte gegeben. Es muss ein

Kompromiss gefunden werden, der die Umwelt schützt, aber die Menschen nicht vereinsamen lässt«, griff Lucia das Thema noch einmal auf.

»Dann sollen wir unseren Zeitgutschein vielleicht wieder einmal bewerben?«
Der Vorschlag kam vom Weihnachtsmann.

»Das ist eine gute Idee. Er ist nach wie vor aktuell. Nachhaltig leben und Zeit verschenken! Abwägen, was sinnvoll und notwendig ist und was nicht.« Miss Eurocent gefiel die Idee.

»Mit Vorschriften kommen wir eh nicht weiter. Die Menschen wollen selber entscheiden. Wir müssen sie dazu bewegen, selber sinnvolle Entscheidungen zu treffen«, Mikołaj meldete sich zu Wort.

»Und wie bekommen wir das hin?« Santa Claus schaute erwartungsvoll in die Runde.

»Wir werden Weihnachten jedem Geschenk einen Zeitgutschein dazulegen. Egal ob er angefordert wurde oder nicht. Dann sollen sie entscheiden, ob sie ihn online einsetzen oder ob der ein oder andere bereit ist, auch wieder einmal real Zeit mit Menschen zu verbringen.

Alle anderen Forderungen überlassen wir den einzelnen Ländern, wie sie damit umgehen. Das hat sich in der Vergangenheit gut bewährt. Dieses Mal gehe ich nicht davon aus, dass dies der letzte Weihnachtsgipfel war. Lasst uns nächstes Jahr schauen, ob unser Plan funktioniert hat oder nicht. Der Weihnachtsgipfel 3.0 ist beendet, ich danke für eure Aufmerksamkeit. Wer noch beim inoffiziellen Teil dabei sein möchte, bleibe online, allen anderen wünsche ich eine angenehme Weihnachtszeit.«

10. Dezember

Nikolausstiefel

Annas Schwestern waren etwas älter als sie. Genauer gesagt, sehr viel älter. Wer hatte schon vierzehn- und siebzehn Jahre ältere Geschwister, die oftmals als junge Mamas angeschaut wurden, wenn sie den Sportwagen durch das Dorf schoben. Dies auch nicht freiwillig, denn das Getuschel der alten Frauen, die hinter versteckter Hand darüber redeten, wie ungehörig es sei, wenn so junge Frauen schon Kinder, aber keinen Mann hätten.

Und dann kam der erwartete Nikolaustag. Jener Tag, der Anna damals ihr erstes Trauma bescherte. Die drei Mädels wurden aufgefordert, ihre Schuhe gut zu putzen und vor die Korridortür zu stellen. Anna erstarrte, als sie die langen Overkneestiefel ihrer beiden großen Schwestern sah, die in dieser Zeit hochmodern waren.

Niemand erinnert sich heute mehr, ob die erste Träne vor dem lauten Schrei lief oder ob erst ihr herzerbarmendes Weinen alle Familienmitglieder auf den Flur lockte.

Anna hielt ihnen ihre winzigen rosafarbenen Lackschuhe entgegen, die neben den langen Stiefeln wie Spielzeug wirkten. Auch wenn Mama hoch und heilig geschworen hatte, dass alle Mädels gleich viel Süßigkeiten bekämen, war in dieser Nacht nicht an Schlaf zu denken.

Am nächsten Morgen schlich sie aus ihrem Zimmer auf den Korridor. Der Nikolaus war tatsächlich dagewesen! An ihrem kleinen rosafarbenen Schuh fand sie eine lange Kordel, der sie folgte, indem sie sie durch ihre Finger gleiten ließ. Am Ende befand sich ein buntes Säckchen, welches sich mit einem Ruck öffnen ließ.

Eine Barbiepuppe, mit langen blonden Haaren im langen schwarzen Abendkleid, schaute sie lächelnd an.

Die Stiefel ihrer Schwestern dagegen waren nur zur Hälfte befüllt und hatten keine Schnur mit Säckchen.

Selbst heute befällt sie noch ein komisches Gefühl, oder besser gesagt, es ist nur noch ein Lächeln, wenn sie im Winter ein Schuhgeschäft betritt und lange Stiefel erblickt.

11. Dezember

Machen wir Bescherung vor oder nach dem Essen?

Jedes Jahr dieselbe Frage.

»Bescherung macht man nach dem Essen! Das ist Tradition!« Anke wurde sehr energisch.

»Bei euch! Meine Mutter hat schon in meiner Kindheit das Essen danach gelegt. Sie wusste, wie aufgeregt wir sind und wollte später in Ruhe essen!«, gab Stefan zurück.

»Von wegen in Ruhe essen, dann haben die Kinder die Geschenke ausgepackt und können es gar nicht erwarten, damit zu spielen. Das ist auch kein festliches Abendessen!«

»Es nimmt aber Spannung raus und wir können schon am Nachmittag mit der Bescherung beginnen. Ansonsten gehen wir wieder mit vollem Magen ins Bett und schlafen schlecht!« Stefan blieb beharrlich.

»Du schläfst schlecht, weil du Weihnachten immer zuviel Alkohol trinkst!«

»Nach einer fetten Gans brauch ich halt den einen oder anderen Absacker!«, grinste ihr Mann.

»Dann gibt es Heiligabend eben nur Würstchen!«

»Nöööö!«

»Du bist und bleibst ein kleiner Junge. Du kannst mit dem Geschenke auspacken nicht bis nach der Bescherung warten.«

»Du hast es erkannt!« Stefan küsste sie auf die Stirn und deutete auf eine Schachtel: »Hast du die Glühbirnen in der Lichterkette überprüft? Nicht, dass der Tannenbaum wieder im Dunkeln steht, so wie letztes Jahr.«

»Dieses Jahr gibt es echte Kerzen!« Anke schaute ihn bestimmend an.

»Ne! Dann müssen wir den ganzen Abend auf den Baum starren, ob die runtergebrannt sind. Ich weiß nicht, was schlimmer ist: Wenn unsere Katze nach den Kugeln springt oder wenn sie den Wassereimer umstößt, den du ja direkt neben dem Baum haben möchtest. Sicher ist sicher...«

»Aber die Atmosphäre. Da kommen diese blöden kleinen Lichter doch gar nicht mit!«

»Und ob. Ich kaufe noch eine zweite 100-Birnen-Lichterkette und dann hast du den schönsten Baum ever!«

»Ne!« Anke war enttäuscht.

»Und wann zünden wir echte Kerzen mal an? Meist lohnt es sich nicht, oder du rennst in einen anderen Raum, dann müssen wir sie sofort auspusten.«

»Aber es ist so schön!«

»Und wer muss das Kerzenwachs vom Parkett kratzen?«, fragte er genervt.

»Dann legen wir diesmal eine Decke darunter!«

»Okay, Kompromiss: Wir machen einfach beides. Heiligabend zur Bescherung zünden wir echte Kerzen an und an den Feiertagen schalten wir die Lichterkette ein. Da brauchen wir dann nicht aufzupassen und lassen sie den ganzen Tag brennen.«

»Du bist der Beste!«

12. Dezember

Père Noël

... heißt der Weihnachtsmann in Frankreich. Der »Weihnachtsvater« hat kein Gefährt oder einen Schlitten mit Rentieren. Er trägt alle Geschenke in einem großen Korb und muss gleich zwei Mal ausliefern.

Die Franzosen sind bekanntlich kleine Gourmets und tischen an Heiligabend etwas exklusiver auf als ihre englischen Nachbarn.

Ihre Austern von den großen Farmen am Atlantik, die dunklen Weine aus Bordeaux und viele kleine Amuse Gueules warten auf die Familie.

Während die Familie um Mitternacht zur Messe geht, verteilt er die ersten kleinen Geschenke. Aber das ist längst nicht alles: Auf dem Heimweg kehrt er am 25. noch einmal in jedes Haus zurück, um die eigentlichen Geschenke zu verteilen. Und so haben die Kinder in Frankreich gleich zweimal Bescherung.

Gold-Gnocchis

500	Gramm	Mehl
5		Eigelb
250	Gramm	Butter
2	Päckchen	Vanillin
½	Teelöffel	Zimt
150	Gramm	Zucker

100-150 Gramm Puderzucker zum Wälzen, Goldstaub

Trenne die Eier und verknete das Eigelb zusammen mit dem Mehl, dem Zucker, der Butter, dem Zimt und dem Vanillin zu einem Teig. Lege ihn kurze Zeit in den Kühlschrank.

Anschließend formst du 1-2 Zentimeter dicke Rollen und schneidest mit dem Messer 2 cm lange Stücke ab. Lege sie auf ein mit Backpapier ausgekleidetes Backblech, dabei braucht kein großer Abstand eingehalten werden.

Mit einer Gabel drückst du das typische Gnocchimuster in den Teig.

Bei 180 Grad Ober- und Unterhitze ca. 15 Minuten backen und anschließend abkühlen lassen.

Wenn die Kekse fast abgekühlt sind, wälze sie in Puderzucker und bestäube sie mit Goldstaub.

13. Dezember

Der Buchstabenladen

 Jahr für Jahr hetzte Ralf am letzten Vormittag vor Heiligabend durch die Stadt: Fünf Minuten vor Ladenschluss die letzten Weihnachtsgeschenke besorgen, da in den ganzen Wochen vorher keine Zeit dafür gewesen war.

Das sollte dieses Jahr ganz anders werden! Er hatte sich fest vorgenommen, an einem freien Tag in die Stadt zu gehen, um ganz in Ruhe Geschenke zu besorgen. Der Plan war aber auch gewesen, schon vorher eine Liste anzulegen, wem er was schenken wollte und in welchem Laden er dies am besten kaufen konnte.

Das mit dem freien Tag hatte geklappt, er hatte schon früh genug Überstunden aufgebaut, welche er heute in Anspruch nehmen durfte.

Nur der Vorsatz, einen Zettel mit Namen und Geschenkideen in der Hand zu halten, das hatte nicht funktioniert.

Er stand in Mantel und Mütze auf der Straße und ging genauso ziellos wie sonst an Heiligabend Richtung Innenstadt. Über den Straßen hingen Lichterbögen, die vermutlich erst mit Einsetzen der Dunkelheit eingeschaltet würden.

In den Schaufenstern blitzten Kugeln und in der Auslage lag alles, was das Herz begehrte oder das, was die Verkäufer und Verkäuferinnen meinten, gut und teuer verkaufen zu können.

Die Besitzer der Weihnachtsbuden hatten ihre Stände bereits geöffnet und boten Glühwein und Bratwurst an.

Der Unterschied zu den anderen Jahren war, dass er mehr Zeit als sonst hatte und er brauchte sich nicht das erstbeste Geschenk einpacken zu lassen.

Worüber würden sich seine Eltern freuen? Seine Freundin Leonie sollte auch etwas ganz Besonderes erhalten!

Sie waren von ihm teure Parfüms, Socken oder Pralinen gewöhnt. Das waren die Dinge, die er in den letzten Jahren auf die Schnelle gefunden hatte. Für mehr war keine Zeit gewesen.

Sollte er heute in das große Kaufhaus in der Stadt gehen und sich umschauen oder lieber in einen kleinen hübsch dekorierten Laden in einer der schmalen Straßen, wo sicherlich schon eine nette Verkäuferin darauf wartete, ihn beraten zu dürfen?

Er war so in seinen Gedanken versunken, dass er gar nicht bemerkte, dass er in eine kleine Gasse gelaufen war, die er bisher noch nicht kannte.

»BUCHSTABENLADEN« stand oben auf dem verschnörkelten, messingfarbenen Schild über der Eingangstür.

Neugierig drückte er die Klinke hinunter und schob die Tür auf. Die Inneneinrichtung erinnerte ein bisschen an eine nostalgische Apotheke, überall standen diese Porzellan-Gefäße in den Regalen, versehen mit Großbuchstaben.

Noch war die rothaarige Verkäuferin im Retrokleid der 30er Jahre damit beschäftigt, Beträge in die antike Kasse einzutippen und dem einzigen Kunden im Laden seine Tüten über den Tresen zu reichen.

»Welche Buchstaben darf ich für Sie zusammenstellen?«, freundlich fragend schaute sie Ralf an.

Ralf hatte keine Ahnung, was ein Buchstabenladen war, wo er hier gelandet war, geschweige denn, was er hier kaufen konnte.

»Sie waren vermutlich noch nie in einem Buchstabenladen«, lächelte die Verkäuferin.

Ralf schüttelte den Kopf: »Nein noch nie! Was kann ich hier kaufen?«

»Buchstaben! E und F, A ist immer sehr beliebt, Y ist unser Ladenhüter, auch wenn dieser Buchstabe viel zu erzählen hat!«

»Die Buchstaben können sprechen?« Ralf schaute sich ungläubig um.

»Ja natürlich. Jeder Buchstabe erzählt eine andere Geschichte. Je nachdem mit welchem anderen ich ihn zusammen verkaufe, verändert sich die Erzählung.«

»Woher weiß ich denn, welche Buchstaben ich zusammen kaufen muss? Ich kenne die Geschichte doch gar nicht.«

»Sehen Sie, genau das ist Ihr Problem! Sie kennen die Geschichte ihres Lebens nicht. Noch nicht! Sie wissen gar nicht, was sie anderen Menschen mitteilen möchten? Sie ahnen vermutlich nicht einmal, was sich ihre Freundin zu Weihnachten wünscht?«

»Nein. Genau das ist jedes Jahr mein Problem: Ich weiß nicht, was ich den Menschen, die ich liebe, schenken kann.«

Die Verkäuferin lächelte verständnisvoll.

»So geht es vielen unserer Kunden. Für den Anfänger empfehle ich immer unsere Basistüte: einen selbstgenähten Stoffbeutel mit vielen As. Die hören sich besonders freundlich an. Bringt viel Sympathie in eine tiefe männliche Stimme wie die Ihre.«

»Und die anderen Modelle?«, fragte er.

Sie hob vorsichtig den Deckel hoch.

»Diese Blechdose enthält viele Konsonanten. Ich empfehle sie immer unseren südländischen Kunden. Ihre Worte klingen ganz anders als unsere. Sprechen Sie einen Dialekt? Dann müssen wir uns bei diesen Kartons umschauen. Sie sind nach Regionen zusammengestellt.«

Ralf schaute sich ungläubig um. Er sprach keinen Dialekt, keine Fremdsprache und ob sich seine Worte freundlich oder tief anhörten, dafür hatte er sich noch nie interessiert.

»Für unsere erfahrenen Kunden haben wir dann hier die Tüten zum selber zusammenstellen. Pro Buchstabe fünf Cent«, sie deutete auf die Porzellangefäße in den Regalen.

»Wem möchten Sie denn eine Freude bereiten?«, fragend hob sie die Augenbrauen.

»Meiner Freundin Leonie! Wir sind schon sehr lange zusammen, aber ich weiß nie, was ich ihr schenken soll. Ich glaube über die Parfüms und Pralinen freut sie sich nicht wirklich.«

»Ihre Freundin also. Sie mögen sie vermutlich sehr gerne?«, der Mund der retrogekleideten Frau wurde etwas spitzer.

»Ja! Wir sind schon sehr lange zusammen.«

»In diesem Fall empfehle ich immer »Das Wunder von Alsdorf«.«

Sie hielt ihm eine schlichte kleine Schachtel mit einer Schleife entgegen.

»Welche Buchstaben sind da drin?«

»Die Richtigen. Glauben Sie mir, es sind die Richtigen!«

Ralf zögerte einen Moment, reichte ihr den Betrag, welcher auf dem kleinen Etikett vermerkt war und verließ den Laden.

Wo war er gelandet? Buchstabenladen?

Er sollte sich beeilen und schnell noch etwas Vernünftiges kaufen.

Ralf schaute sich noch einmal um, um sich zu merken, wo er den eigenartigen Laden gefunden hatte. Vielleicht musste er die Buchstaben nach Weihnachten ja umtauschen?

Die Gasse war nicht mehr zu sehen. Eine alte rote Backsteinmauer versperrte seinen Blick. Genau hier war er doch gerade noch entlang gegangen. Ungläubig schaute er auf die kleine Schachtel in seiner Hand.

Er schüttelte die Packung. Zweifellos hatte er gerade Buchstaben gekauft.

Weihnachten so wie immer:

Er hatte den Nachmittag bei Stollen und Tee traditionsgemäß bei seinen Eltern verbracht. Sein Vater bekam die obligatorischen Socken und Mama edle Pralinen. Daran hatte sich auch dieses Jahr nichts geändert.

Später fuhr er dann zu Leonie: Sie hatte sich festlich gekleidet, deutete einladend auf seinen Stuhl am Esstisch und lächelte ihn liebevoll an.

Unsicher schaute Ralf in seinen Jutebeutel und überlegte, welches Geschenk er zuerst über-reichen sollte.

Er hatte vorsichtshalber, wie jedes Jahr, noch Pralinen und Parfüm besorgt. Man konnte ja nie wissen.

Etwas nervös entschied er sich dann aber für das Geschenk aus dem Buchstabenladen. Er war ja selber sehr gespannt, was die Schachtel enthielt. Welche Buchstaben zu Tage kamen. Möglicherweise hatte man ihm einfach nur einen Bären aufgebunden, um ihm das Geld aus der Tasche zu locken?

Schüchtern hielt er es Leonie entgegen, die augenblicklich, vermutlich aufgrund der Größe, große Augen bekam. Vorsichtig zog sie an der Schleife und klappte den Deckel hoch.

Er drängte sich näher an sie heran, um zu schauen, was passierte.

Es waren in der Tat Buchstaben in der Schatulle. Ralf zog seine Brille vom Kopf auf die Nase, um sie genauer betrachten zu können.

Auf einem kleinen schwarzen Samtboden hatten sie sich bereits geordnet, viele Is, ein W und auch das H hatten einen eigenen Platz gefunden.

»Willst du mich heiraten?«, entzifferte er den Text.

»Ja natürlich! Endlich fragst du mich!«

Leonie drehte sich zu ihm um, warf ihre Arme um seinen Hals und küsste ihn leidenschaftlich.

Wie hatte die Verkäuferin gesagt: »Es sind die richtigen Buchstaben. Glauben Sie mir, es sind die Richtigen!«

14. Dezember

Der Duft der Orangen

Der Duft, den Mandarinen oder Orangen beim Schälen im ganzen Raum verströmen, gehört für mich ganz typisch zur Winter- und Adventszeit.

Wir hatten nicht das ganze Jahr über Süßigkeiten. Die Ostereier mussten bis zum Geburtstag reichen.

Die Geburtstagsschokolade bis zum Martinstag und die ersungenen Köstlichkeiten bis zum Nikolaustag.

Der Adventskalender enthielt 24 bunte Bilder, die zum Schluss eine kleine Geschichte erzählten. Die Schokolade kam erst am sechsten Dezember in Form einer in Zellophan gehüllten Männer-gestalt.

Dann zog der Duft von Kardamom und Zimt durch das ganze Haus.

Stollen wurde gebacken, Plätzchen ausgestochen und verziert. Pralinen nach alten Rezepten hergestellt, aus einer Zeit, in der wenige Zutaten ausreichten, kleine Köstlichkeiten herzustellen.

Der alte Fleischwolf wurde herausgeholt und in dieser Zeit wurde süßer Teig und nicht Fleisch hindurch gedreht, Backbleche mit spitzen Teigkringeln belegt, gebacken und liebevoll mit Schokoglasur bestrichen.

Den Fleischwolf und Mama gibt es nicht mehr, aber ich proste ihr jedes Mal zu, wenn ich den Teig alleine durch meinen elektrischen Wolf drehe. Elektrisch, da mir ihre Hand fehlt, die fleißig gedreht hat, während ich den Teig abgenommen und zu Kreisen gedreht habe.

Wenn buntes Granulat im Backofen geschmolzen wurde, gab es immer diesen eigenartigen Geruch. Allen war dann klar, dass heute kein Gebäck, sondern Schmuck hergestellt wurde, der hinter Licht im Fenster oder am Tannenbaum funkelte.
Den Weihnachtskranz zu binden und Strohsterne zu basteln waren die Lieblingsbeschäftigungen an den Nachmittagen.

Das Paket aus der DDR kam: Dresdner Stollen und wie jedes Jahr eine kleine Schnitzerei aus dem Erzgebirge. So konnte sich unsere Verwandtschaft für die Westpakete mit Kaffee bedanken. Sie wurden neben die Pyramide gestellt, deren Flügel mit Kerzenwärme zum Drehen gebracht wurden.

Jedes Jahr ein neuer Engel, mal mit Posaune, mal mit Harfe. Irgendwann kam keine weitere Figur mehr hinzu.

Es war ein Jahrzehnt, in dem auch der Schnee oft im Dezember fiel und der Garten einer märchenhaften Landschaft glich. Solange, bis die Spuren unseres Schlittens die Winterlandschaft zerstörten.

Dieser Schlitten hat heute knallrot lackierte Sitzhölzer und schwarz lackierte Kufen. Mit einer dicken rotgrünen Wollkordel ist er jetzt an meiner Hauswand angebunden und ein adventlich geschmückter Drahtkorb verziert ihn festlich.

Die Dekoration hat sich mit den Jahren verändert, aber der Duft der Orangen ist geblieben.

15. Dezember

Der längste Tag im Jahr

Wieso fängt der wichtigste Tag im Jahr immer mit zehn Stunden Wartezeit an? Wieso kann man nicht die Augen aufschlagen und es ist Bescherung?

Thommy saß auf seinem Bett und schaute auf die Uhr: Neun Uhr morgens, seine Mutter hatte ihn vermutlich extra nicht geweckt, in der Hoffnung, dass er lange schlafen würde. Pustekuchen! Er war wach, schließlich war heute Heiligabend. Und das wusste er so genau, da er gestern das vorletzte Türchen am Adventskalender geöffnet hatte.

Wer hatte eigentlich beschlossen, dass die Bescherung am Heiligabend und nicht am Heiligmorgen stattfinden musste? Oma hatte gesagt, dass früher der Weihnachtsmann die Geschenke erst am 1. Feiertag morgens gebracht hätte und dass es jetzt schon einen halben Tag eher Geschenke gäbe. Okay, das war ein

Argument und immerhin ein Fortschritt! Aber wie konnte man zehn Stunden Warten aushalten?

Mama war bereits in der Küche. Sie klapperte mit den Töpfen, die Kühlschranktür fiel permanent wieder zu, die Dunstabzugshaube brummte.

»Thommy, kannst du dir heute dein Brot bitte selber schmieren? Milch steht schon auf dem Tisch«, Mama war offensichtlich im alljährlichen Weihnachtsstress angelangt.

»Hast du dich gewaschen und Zähne geputzt? Nicht, dass du das heute ganz vergisst!«

Sie war multitaskingfähig und hatte seinen Schlafanzug und die zerzausten Haare bemerkt.

»Emily, kannst du deinem Bruder bitte die Haare waschen?!«

Oh je, Haare waschen von Mama war ja schon überflüssig, aber Emilys Finger, die sich in einer Kopfmassage übten, waren mehr als furcht-erregend. Hoffentlich bekam seine Schwester niemals eigene Kinder oder würde Friseurin lernen.

»Es klingelt! Kann denn mal jemand die Tür aufmachen. Ich kann nicht!«, Mama hielt ihre Finger samt Plätzchenteig in die Höhe.

Emily ließ Thommys Kopf los und er nutzte die Gelegenheit sofort, um sich das Shampoo abzubrausen.

»Oma, Opa. Ihr seid ja schon da!«

»Ja, das erste Jahr, dass wir nicht im Elbtunnel im Stau stehen. Bring das bitte deiner Mutter!«, sie hielt dem Mädchen eine Gans in einem Wäschekorb entgegen.

»Sei vorsichtig, der Korb hat ein Loch, sie tropft noch.«

»Ihhhhh«, Thommy hatte durch den Türschlitz zugeschaut und schlug die Badezimmertür von innen zu.

»Ich esse keine Tiere!«, Emily trat einige Schritte zurück.

»Ingrid, pass auf, du tropfst hier alles voll«, Opa Helmut schüttelte mit dem Kopf.

»Oma, Opa!«, Mama hatte sich vom Kuchen-teig befreit und nahm ihre Mutter herzlich in den

Arm, was unweigerlich dazu führte, dass wieder etwas Flüssigkeit aus dem Korb auf die Fliesen tropfte.

»Kommt rein, ich habe schon mit dem Vorbereiten angefangen. Thommy komm her, die Großeltern sind da.«

Thommy erschien splitternackt im Flur.

»Nicht so! Emily zieh deinem Bruder etwas an!«

»Thommy! Was bist du groß geworden!«

Oma interessierte nicht, dass ihr Enkel unbekleidet war und drückte ihm einen feuchten Kuss ins Gesicht. Thommy wischte sich angeekelt über seine Wangen. Warum hatte er duschen müssen, wenn man ihn sofort danach wieder ableckte?

»Andreas!«, Opa gab dem Schwiegersohn die Hand und legte ihm die andere auf die Schulter.

»Alles klar bei euch?«

»Natürlich!«

Wieso durfte Papa lügen? Nichts war in Ordnung. Es war Heiligabend, alle schlechter

Laune und gestresst. Außerdem hatte Papa schon zwei Monate Urlaub, behauptete er. Arbeitslos nannte Emily das.

»Ich fahre jetzt los, den Tannenbaum schlagen. Kommst du mit?«

Andreas war sichtbar erleichtert, einen Grund zu haben, dem Treiben zu entfliehen.

»Gerne!« Opa Helmut zog einen Flachmann aus der Tasche und zwinkerte Andreas zu.

»Es kann etwas länger dauern!«, Papa rief in die Küche, ob ihn jemand bei dem Krach hörte, war zu bezweifeln.

Tannenbaumschlagen! Warum durfte er nicht mit?

»Wir müssen die Rückbank umklappen, da haben wir im Auto keinen Platz für dich!«, war die Antwort.

Manno, warum dauerte das alles so lange?

Emily hatte das übliche Schild »keine Sprechstunde« an ihre Zimmertür gehängt und

»Last Christmas« auf Dauerschleife und Extremlautstärke eingestellt.

Blödes Lied! Letztes Jahr war es genauso ätzend gewesen. Emily gab eh jeden Monat einem anderen Jungen ihr Herz, sagte Papa zumindest.

Wenn er groß wäre, würde es Heiligmorgen Geschenke geben. Hoffentlich führte keine Regierung Geschenke am ersten Feiertagmorgen wieder ein.

Es klingelte erneut.

»Emily öffnest du bitte die Tür?«

Mama hatte erneut die Hände im Kuchenteig oder vielleicht war es dieses Mal auch Kloßteig, Omas Finger steckten im Hintern der Gans.

»Last Christmas« lief in der sechsten Schleife, keine Emily.

Thommy öffnete die Tür: Jan-Malte, einen Kopf größer als er, stürmte an ihm vorbei, Tante Silvia drückte ihm einen weiteren Kuss ins Gesicht und Onkel Thorsten schob die Tür weiter auf.

»Silvia? Thorsten? Seid ihr schon da? Wir sind in der Küche!«

Jan-Malte hatte bereits seine Winterjacke auf dem Korridorboden abgelegt und warf sich mit Stiefeln, die vermutlich heute schon durch ein Blumenbeet getappt waren, auf das Esszimmersofa.

»Ziehst du die bitte aus«, Thommys Mutter, dieses Mal mit gewaschenen Fingern, schaute böse zu ihrem Neffen.

»Jan-Malte, kannst du bitte allen Guten Tag sagen«, seine Mutter zog an seinen Stiefeln.

»Tach«, sein Smartphone übertönte seine Begrüßung mit surrenden Geräuschen.

»Wo sind Opa und Andreas?« Thorsten schaute sich suchend um.

»Tannenbaum schlagen«, Mama begrüßte auch ihn mit einem Kuss.

»Ohne mich?«

»Es ist nicht genug Platz im Auto«, wusste Thommy Bescheid.

»Und wir sollten bestimmt nichts mitbringen?«, Silvia drückte Mama kräftig.

»Nein, das machen Mama und ich schon. Ihr könnt eure Geschenke im Wohnzimmer abstellen.«

»Ich habe den süßen Teller auf den Schrank gestellt, Jan-Malte soll nicht soviel Zucker essen.«

»Heute ist Weihnachten!«, Oma schüttelte verständnislos den Kopf.

»Thorsten verträgt keine Zwiebeln mehr, hatte ich das schon gesagt? Könnt ihr die weglassen? Sonst müssen wir bestimmt wieder eher nach Hause fahren«, fragte Silvia besorgt nach.

»Last Christmas« die siebte ...

Als Papa und Opa nach gefühlten vier Stunden mit dem Baum vorgefahren kamen, hatte zumindest Opa gute Laune, er lachte und nannte Oma Zuckerbiene.

Aus Emilys Zimmer schallte zum zwanzigsten Mal »Last Christmas«.

»Kannst du mal etwas anderes auflegen? Kommet ihr Hirten oder so?«, Oma klopfte vergeblich an ihre Tür.

»Thommy kannst du uns nicht ein Weihnachtslied mit der Blockflöte spielen?«, Oma versuchte ihr Glück bei dem Enkel.

»Ne, kann ich nicht!«, Thommy schaute auf die Uhr. Konnten die Frauen sich nicht mit dem Essen beeilen?

»Doch, ihr habt im Kindergarten für die Weihnachtsfeier geübt und gemeinsam ein Gedicht einstudiert!«, Mama bekräftigte Omas Wunsch, endlich etwas anderes zu hören.

»Das kann ich aber nicht mehr!«, Thommy presste die Lippen zusammen.

»Versuch es doch bitte noch mal!«, Mama wedelte den Dampf aus dem Backofen mit einem Topflappen zur Seite.

»Hier stinkts!«, Thommy blickte in die Runde. Sollte es heute nicht etwas Gescheites zu essen geben?

»Das ist der Rotkohl, der schmeckt aber später ganz lecker«, Mama war sich sicher, dass alles nach Plan lief. »Die Gans braucht noch eine Stunde!«

»So lange?«, Thommy starrte entgeistert in den Ofen. Nächstes Jahr würde auch er Vegetarier oder wie das hieß, werden. Dann würde das Essenkochen nicht so lange dauern.

»Wann gibt es Essen?«, Opa streckte den Kopf in die Küche. Vermutlich hatte auch er langsam Appetit. Sein Gesicht war etwas rot, aber er hatte die beste Laune von allen!

Wer hatte eigentlich beschlossen, dass es Geschenke immer erst nach dem Abendessen gab? Es war ja immerhin schon Heiligabend und Zeit hätten jetzt doch eigentlich auch alle. Vielleicht hätten sie dann auch bessere Laune?

»Wann gibt es Essen?«, Emily hatte die Dauerschleife auf Pause gestellt und stand ebenfalls in der Küche.

»Oma, passt du auf das Essen auf? Emily, kannst du ihr helfen die Klöße zu formen? Ich werde den Tisch decken. Was macht Andreas?«

Alle außer Papa waren in der Küche.

»Der richtet den Baum noch aus...«, Opa gluckste und hielt sich die Hand, die Peinlichkeit nur spielend, vor den Mund.

»Baum ausrichten! Der ist doch schon geschmückt, dass ich nicht lache. Jedes Jahr das gleiche!«, Mama war offensichtlich verstimmt.

»Last Christmas ...«, Emily nutzte die Zeit für einen weiteren Durchlauf.

Ja, jedes Jahr das gleiche, da hatte sie Recht. Aber warum? Geschenke direkt nach dem Frühstück wäre doch mal toll! Oder wenn Heiligabend der kürzeste Tag im Jahr würde, das wäre ebenfalls fein. Vielleicht konnte die Regierung ja bestimmen, dass dieser Tag immer nur zwölf Stunden hatte. Die konnte man sicher irgendwann im Sommer wieder dranhängen. Damit das mit den Gezeiten und Jahreszeiten und so weiter auch hinhaute und nicht der ganze

Kalender in Frage gestellt würde. Bestimmt war das möglich. Sobald er in der Schule wäre, würde er einen Brief schreiben. Emily wollte das nicht für ihn übernehmen, obwohl sie schon schreiben konnte.

Thommy piekste mit dem Finger in die Puddingschüssel und leckte ihn ab.

»Thommy, Finger weg!«

Sofort wurde die Schüssel unerreichbar für kleine Jungen in das oberste Kühlschrankfach gestellt.

»Dauert es noch lange?« Auch sein Magen knurrte langsam. Hätte er sich nur besser selber ein Frühstücksbrötchen geschmiert.

»Hast du denn gar nichts gegessen? Hier hast du eine Möhre«, Mama registrierte zumindest noch sein Befinden, aber Möhre? Igitt! Wusste sie immer noch nicht, dass er eine Möhrenallergie hatte? Ebenfalls eine Spinat- und Pastinaken-unverträglichkeit!

»Soll ich die Gans aus dem Ofen nehmen?« Oma stand in den Startlöchern.

»Jaaaa!« Das war das passende Stichwort.

»Emily schaust du bitte noch einmal, ob auch alles auf dem Tisch steht?«

»Wieso ich?« Augenblicklich ging »Last Christmas« in die 35. Runde.

»Andreas! Ist alles fertig?«

»Jawoll«, kamen zwei männliche Stimmen aus dem Esszimmer.

»Hast du auch ganz sicher die Zwiebeln rausgelassen?«

Thorsten schaute ängstlich in die Schüssel, um sicherzugehen, dass nicht irgendwo ein glänzendes oder geröstetes Zwiebelstück zurückstarrte.

Thommy hatte es nicht für möglich gehalten, dass es heute noch Abendessen geben würde.

»Wasch dir die Hände und hol Emily!«

Es war so weit: »Last Christmas« die Achtunddreißigste endete abrupt und es gab tatsächlich Essen, aber an Geschenke war ja noch nicht zu denken.

Thommy aß sehr schnell. Erstens weil er heute außer der Möhre noch nicht viel bekommen hatte, und zweitens würde sich so die Wartezeit auf die Bescherung drastisch verkürzen. Warum aßen die Erwachsenen nicht zügiger? Wenigstens Jan-Malte gabelte die Ente schneller als die Erwachsenen Richtung Mund. So schnell, dass sie auf dem Fußboden landete.

»Kann ich auch Rotwein haben?«, Emily schaute neidisch auf die gefüllten Gläser.

»Nein, erst wenn du achtzehn bist«, Mama blieb hart.

»Bei meiner Konfirmation hast du es auch erlaubt.«

»Das war eine Ausnahme«, Mama hob ihr Glas zum Prosten.

»In der Kirche gibt es auch Wein«, Emily bettelte weiter.

»Heute ist Weihnachten, lass das Kind doch auch mal probieren«, Opa war auf ihrer Seite und hielt ihr sein Glas entgegen.

»Opa, nein!« Mama blieb hart und Jan-Malte schielte zum Süßigkeitenteller auf dem Schrank: »Ich bin fertig. Ich will Schokolade!«

»Jan-Malte, möchtest du noch Rotkohl?«, Oma versuchte den gefüllten Löffel auf seinen Teller zu kippen, aber der Junge wehrte entsetzt ab, was zur Folge hatte, dass das Kraut auf dem Tischtuch landete.

»Oh je, das geht schwer raus!« Mama sah Arbeit auf sich zukommen. »Gallseife und Salz, das bekommen wir hin. Am besten wir weichen das Tuch sofort ein.«

»Wir essen doch noch!« Papas Teller war noch gut gefüllt.

Nicht noch Tischtuchwaschen!

Thommy seufzte.

»Der Junge könnte doch ein Gedicht aufsagen, das mussten meine Schwestern und ich früher auch immer«, Thorsten versuchte abzulenken und nahm sich noch Sauce. »Ist die bestimmt ohne Zwiebeln?«

»Jan-Malte, kannst du ein Gedicht aufsagen?«
Opa versuchte die Situation am Tisch etwas zu
besänftigen.

»Nö!«

»Ich könnte eins googeln«, bot Emily an, in
der Hoffnung, so die smartphonefreie Zone
verlassen zu dürfen.

»Wann gibt es Geschenke?« Thommy war
verzweifelt. Alle anderen Tage des Jahres waren
viel kürzer.

»Oma und ich räumen den Tisch ab und Papa
schaut mal, ob das Christkind schon da war.«
Mama stand auf.

»Es gibt gar kein Christkind!«, Emily ließ den
aufgeklärten Teenager raushängen.

»Emily bitte, Thommy ist doch schon ganz
aufgeregt.«

Ja, in der Tat das war er!

»Ich will was Süßes!« Jan-Malte schielte noch
immer auf den Schrank.

Die Frauen waren in der Küche und Thommy versuchte durch das Schlüsselloch vom Wohnzimmer zu schauen: Es glitzerte und leuchte bereits. Das ließ hoffen, dass der längste Tag des Jahres bald ein Ende finden würde.

Und wenn er den ganzen Tag hatte befürchten müssen, dass dieser Moment niemals kommen würde, jetzt war das Klingeln im Wohnzimmer zu hören. Das Zeichen, dass das Christkind da war und die Tür geöffnet werden durfte: Endlich!

Es ist da! Es ist tatsächlich soweit!

Thommys Augen weiteten sich. Mama deute auf ihn, er dürfe die Türe öffnen.

Der Baum war groß, fast bis zur Decke, die elektrischen Kerzen kindersicher und sahen täuschend echt aus.

Jetzt war endlich Heiligabend – der längste Tag im Jahr.

16. Dezember

Wir schenken uns nichts

»Sollen wir uns dieses Jahr etwas schenken?«

»Ne, lass mal, das ist nicht nötig!«, Bianca schüttelte den Kopf.

»Ich brauche auch eigentlich nichts«, Marcel wirkte erleichtert.

»Aber du möchtest doch einen größeren Fernseher und oder ein Sportabo«, fragte sie nach.

»Ja, aber das schaffen wir uns irgendwann mal während des Jahres an. Das ist ja kein Weihnachtsgeschenk«, winkte er ab.

»Stimmt. Ein Geschenk sollte auch eine Überraschung sein.«

»Wärst du denn enttäuscht, wenn ich nichts besorge?« Marcel hakte noch einmal nach.

»Nö, lass mal, das ist schon in Ordnung so. Wir haben uns. Weihnachten ist das Fest der Liebe, da sollte man auf Kommerz verzichten.«

»Das sehe ich genauso«, nickte er.

»Oder eine Kleinigkeit?«

»Die bekommst du doch das ganze Jahr von mir«, zwinkerte er. »Ein Weihnachtsgeschenk sollte schließlich etwas kosten und darauf wollen wir doch verzichten.«

»Stimmt. Geschenke werden überbewertet!«, sagte Bianca.

»Wir kaufen uns nächstes Jahr etwas, das sowieso ansteht. Einen Großbildfernseher oder ein neues Smartphone. Dann ist das auch alles billiger.«

»Genau, da können wir viel Geld sparen. Da bleibt dann noch etwas für eine neue Küchen-maschine über. Die rubinrote, du weißt schon.«

»Ja, aber du sagst immer Haushaltsgeräte sind keine Geschenke. Das magst du ja nicht.«

»Ja, aber die ist schon edel!«

»Und der Preis auch! Die billige vom Discounter würde es ja vielleicht genauso tun.«

»Okay, teuer ist sie wirklich! Aber der neue Fernseher ebenfalls, vielleicht gibt es den auch eine Nummer kleiner?!«

»Außerdem ist es vor Weihnachten immer so voll in der Stadt und wir haben eh schon so viele Termine«, geschickt wechselte er das Thema.

»Im Januar kann man das viel gemütlicher machen. Dann gehen wir entspannt shoppen und trinken einen Prosecco.«

»Und die ersten Sachen sind heruntergesetzt! Dann bekommen wir vielleicht sogar zwei neue Smartphones«, Marcel rechnete bereits.

»Lieber die Edelküchenmaschine. Es gibt sogar einen Nudelmakervorsatz dafür.«

»Genau, so machen wir das. Neuer Fernseher und Küchenmaschine bei Proseccoshopping nach Weihnachten!«

»Frohe Weihnachten!«, Marcel schaute stolz auf den ersten selbstgeschlagenen Weihnachtsbaum.

»Dir auch mein Schatz. Hier eine Kleinigkeit für dich«, Bianca küsste ihren Mann auf den Mund.

»Wir wollten uns doch nichts schenken«, betroffen schaute Marcel auf das Päckchen, welches sie ihm entgegenhielt.

»Ja, aber so gar nichts ist doch auch doof. Ist ja nur eine Kleinigkeit.«

»Danke, ich habe mich an unsere Vereinbarung gehalten. Ich habe nichts für dich.«

»Das ist schon okay«, wehrte sie großzügig ab, schaute ihn dennoch erwartungsvoll an.

»Ne, du wolltest doch nichts.«

»Du hast doch bestimmt eine Überraschung geplant?«, sie zwinkerte ihm zu.

»Nein! Gar nichts heißt gar nichts!«

»Aber so wirklich gar nichts?«

»Nein, das haben wir doch vereinbart.«

»Ja, aber so eine Kleinigkeit zum Auspacken?«

»Nö.«

»Damit man etwas in der Hand hat?«

»Nein, gar nichts.«

»Gar nichts? Kein Zeichen, dass du an mich gedacht hast?«

»Ich denke immer an dich...«

»Ja, aber man kauft doch trotzdem etwas, um dem anderen zu zeigen, dass man ihn schätzt.«

»Ich schätze dich über alles!«

»Das glaube ich nicht, sonst hättest du ein Geschenk für mich.«

17. Dezember

Der Nikolaus ist ein Entführer

Dieses Jahr kam der Nikolaus persönlich zu Anna. Ihre Schwestern hatten ihr altklug und etwas gehässig erklärt, dass er ganz sicher eine Rute dabei haben würde, da Anna nicht wirklich artig gewesen war. Ihr Kichern bemerkte das kleine Mädchen nicht. Da war ihr die Nummer mit den Stiefeln aus dem Vorjahr lieber gewesen.

Schüchtern drückte sie sich mit dem Rücken in die hinterste Ecke, unter die Dachschräge des Wohnzimmers, als der gebückte Mann mit rotem Mantel, Rauschebart und Jutesack ihr gegenüber stand.

Wo war die Rute? Er hatte gar keine.

Er sprach sehr freundlich mit ihr, vielleicht wusste er gar nicht, dass sie einige Male unartig gewesen war?

Wohl nicht! Anna strahlte, als er eine Puppe aus dem Sack zog: Ken. So hieß der Mann von Barbie aus dem letzten Jahr!

Wie hatte Mama gesagt: Der Nikolaus ist lieb und gerecht. Das war er in der Tat!

Vorsichtig schaute Anna hinter den vielen Blumentöpfen aus dem Fenster hinaus auf die Straße. Der Mann im roten Mantel hatte das Haus bereits verlassen und lief auf einen hellgrauen alten Fiat zu. Ein Auto und kein Pferdeschlitten? Hatten die Schwestern deshalb wieder so gekichert, als Mama ihr das erzählt hatte?

Genau wie letztes Jahr fing Anna laut an zu weinen: Der Nikolaus hatte ihre älteste Schwester Angelika an der Hand und zwang sie in das kleine Auto einzusteigen und fuhr mit ihr davon.

Er hatte ihre Schwester entführt! War Angelika nicht artig gewesen?

Würde er Anna nächstes Jahr mitnehmen, wenn sie unartig wäre? Ihre zweite Schwester Marie war zum Glück noch da.

Mama beruhigte sie, ihre Schwester sei ganz bestimmt zum Abendbrot wieder zu Hause.

Marie lachte: »Die bringt der freiwillig zurück, mit der hält er es nicht lange aus!«

So war es auch, am Abend saßen alle drei Schwestern zusammen am Abendbrottisch und aßen zusammen. Wo der Nikolaus sie hingebracht und was er mit ihr gemacht habe, erzählte Angelika nicht. Papa hatte gesagt, das dürfe Anna nicht wissen.

Als sie im darauffolgenden Sommer bei der Hochzeit ihrer Schwester Angelika und ihrem Schwager Peter, der dem Nikolaus sehr ähnlich sah, Blumen streuen durfte, hatte sie dem Entführer längst verziehen.

Den Nikolaus hätte sie auch gerne eines Tages geheiratet, aber der war ja jetzt bereits vergeben.

18. Dezember

Father Christmas

Der englische Weihnachtsmann schleicht sich erst in der Nacht vom 24. auf den 25. Dezember in die Wohnzimmer und versteckt auch die Geschenke in den Socken.

Die Familie hat traditionsgemäß kurz vorher einen fröhlichen Heiligabend mit Plumpudding und Truthahn zelebriert. Für sie ist »Christmas Eve« der Geburtstag von Jesus und somit Grund genug, mit Luftschlangen und kleinen Tröten ausgelassen zu feiern.

Feuerzangenbowle

2	Flaschen	Rotwein
1	Flasche	Rum 54 Prozent (Weniger Prozente brennen nicht)
2-3		Orangen
1		Zitrone
2		Gewürznelken
1		Zimtstange
1		Zuckerhut

Presse die Orangen und Zitronen aus und gib den Saft zusammen mit den Nelken und der Zimtstange in einen Fonduetopf und erwärme alles.

Lege den Zuckerhut auf die Feuerzangengabel, beträufel ihn langsam mit Rum und zünde ihn vorsichtig an.

Eine wundervolle Atmosphäre für einen gemütlichen Abend zu Hause.

19. Dezember

Katze Bertha

»Bertha sieht man aber auch an, dass sie gut durch den letzten Sommer gekommen ist! Findest du nicht auch?«, nachdenklich betrachtete Mary ihre rot-schwarz-weiß-gefleckte Katze und prostete Sir William zu. Gin mit Tonic auf Eis – das Lieblingsgetränk von Lady Mary.

Bertha schüttelte und dachte sich: Das Wasser musste dringend durch starken Kaffee ersetzt werden, dann würde die alte Dame nicht auf so abstruse Gedanken kommen und sie in der Weihnachtszeit auf Diät setzen.

»Willst du deinem Bruder allen Ernstes einen Hometrainer schenken?«, William schüttelte verständnislos den Kopf.

»Ja natürlich! Komm schon, das wäre auch gut für deine Bauchmuskulatur!«

Was war denn mit ihrem Frauchen los? Womöglich würde sie gleich noch in den Garten geschickt, um dort ihr Geschäft zu verrichten, und nicht im mit Katzenstreu gefüllten englischen Porzellan. Sie hatte so gar keine Lust, nur eine Tatze vor die Tür zu setzen. Komme, was wolle. Sie schüttelte sich bei dem Gedanken an die Kälte und schlich zu ihrem Körbchen zurück. An das längst fällige gemütliche Vorabendschläfchen war nicht mehr zu denken.

Vivien war auf der Bildfläche erschienen: ein Meter zwanzig groß, lange blonde Locken, Kulleraugen und stimmlich der höchsten Oktave fähig, die sich eine geräuschsensible Samtpfote nur vorstellen konnte. Offensichtlich war das Kind entschlossen, Bertha mit ihrer Katzenliebe zu erdrücken.

Voller Panik sprang Bertha aus ihrem Korb auf den Tisch, weiter auf das Sideboard und dann noch eine Etage höher auf das Oberteil des alten Büfettschrankes. Durch die Panik war ihr etwas von ihrer sonstigen Eleganz abhandengekommen.

Ihre Hinterpfoten verfingen sich in dem selbstgestalteten Adventskalender, eine Leine mit 24 Strümpfen. Diese riss augenblicklich und sauste auf das Sofa hinab.

Binnen weniger Sekunden war Sir Williams Kopf mit unzähligen bunten Socken bedeckt. Wäscheklammern, die bis zum jetzigen Zeitpunkt das selbstgebastelte Kunstwerk festgehalten hatten, bohrten sich frech in Nase und Ohren des älteren Herrn.

William sprang erschrocken auf, schüttete dabei den Rest des Gins in Lady Marys Ausschnitt, diese schrie auf und verpasste ihm eine Ohrfeige. Dabei war auch sie aufgesprungen, hatte versucht, sich das Dekolleté trocken zu wischen, geriet dabei ins Straucheln und griff reflexartig nach dem Tannenbaum. Der fast vier Meter hohe Baum kippte in Richtung des english-green-farbenen Sofas und riss die Kiste mit der Silvesterdekoration mit sich.

Bunte, bis jetzt durch den Deckel am Boden gehaltenen Ballons, machten sich augenblicklich auf in Richtung Salondecke. Sie leuchteten in allen erdenklichen Farben.

Die Lady hatte sich bereits wieder gefangen, die Lage im Griff und Vivien schützend in ihren Arm genommen. Das kleine Mädchen war sich noch nicht sicher, ob sie die Situation aufregend im Sinne von schön oder schrecklich finden sollte.

»Keine Angst mein Kind, das war nur Santa Claus auf seinem Schlitten. Die Rentiere sind zu schnell über das Dach geflogen!«

Lady Mary versuchte, mit lockenden Fingerschnipsen, Bertha zu bewegen, vom Schrank zu kommen.

»Alles gut, mein kleiner Stubentiger! Vivien wollte dir nichts Böses!«

Nachdem Bertha gnädigerweise den Abstieg angetreten hatte, kraulte Mary ihrer Katze zärtlich das Fell.

Vermutlich hat sie jetzt auch das Thema Diät und Winterspeck vergessen, dachte Bertha und entspannte sich.

»Da haben wir aber alle noch einmal großes Glück gehabt!«

Lady Mary schaute auf den umgestürzten Baum und zu den Luftballons an der Decke. Jetzt konnte man sogar Buchstaben auf den Ballons erkennen. Auf jedem ein Buchstabe.

»Marry me«, setzte Vivien akribisch die beiden Wörter zusammen.

Sir William nickte, nahm sein Glas zur Hand und proste Mary zu: »Das sollte eigentlich meine Silvesterüberraschung für dich werden!«

Vivien kicherte: »Eine Glückskatze im Haus und das Geheimnis ist schon vorher raus!«

20. Dezember

Es gibt ihn wirklich

»Ich habe ihn gesehen!«

»Wen?«

»Den Weihnachtsmann!«, Madita schaute ihre Mutter strahlend an.

»Madita, ich habe dir doch erklärt, dass es den Weihnachtmann gar nicht gibt.«

»Er ist aber da!«

»Das ist eine Geschichte für kleine Kinder.«

»Nö, es gibt ihn wirklich.«

Ihr Vater lachte: »Annika, du warst nicht überzeugend. Lass Madita doch noch eine Weile an den Weihnachtsmann glauben. Irgendwann kommt sie von alleine dahinter.«

»Morton, wir waren uns doch einig, dass wir unserer Tochter dieses Märchen nicht auftischen. Irgendwann wird sie in der Schule ausgelacht, weil sie an den Weihnachtsmann glaubt.«

»Bis dahin ist es noch eine Weile. Sie will an ihn glauben, dann lass sie.«

»Kann ich ein paar Kekse für ihn haben?«, Madita schaute ihre Mutter bittend an.

»Für wen? Hast du Hunger? Iss nicht soviel Süßes.«

»Nicht für mich, für den Weihnachtsmann!«

»Du bist ja durchtrieben!«, lachte ihr Vater und war ein wenig stolz, wie clever seine Kleine doch war.

»Es gibt keinen Weihnachtsmann. Und neue Kekse bekommst du erst heute Nachmittag zur Kaffeezeit«, Annika blieb hart.

»Bitte!«

»Gib ihr keine Mama. Die isst sie alle alleine«, Björn war sauer auf seine Schwester, die sich offensichtlich gerade eine Extraportion Kekse sichern wollte.

»Die sind wirklich für den Weihnachtsmann!« Madita trat kräftig mit dem Fuß auf. Wieso glaubte ihr niemand?

»Hier, nehmt euch beide welche. Aber teilt sie euch gut ein, heute gibt es keine neuen mehr!«, ihre Mutter hielt ihnen bereitwillig die Blechdose entgegen.

»Kann ich auch etwas Milch haben?«, Madita griff in die Dose und steckte die Kekse in ihre Kleidertasche.

»Milch? Die trinkst du doch sonst nicht freiwillig«, Mama schien genervt.

»Die ist ja auch nicht für mich, sondern für den Weihnachtsmann«, Madita strahlte, als sie den Tetrapack entgegennahm.

Papa lachte: »Ist sie nicht süß? Die Zeit in der sie so klein sind, wird so schnell vorbeigehen. Nächstes Jahr wird sie sicher schon Vorträge über nachhaltige Weihnachtsgeschenke halten. Genieß die Zeit, Annika.«

»Du hast ja Recht. Aber verdirb dir nicht den Magen! Wo willst du hin, Madita?«

»Zum Weihnachtsmann.«

Madita lief die Treppe hinunter, über den Hinterhof in den kleinen Durchgang, der schon seit Jahren nur noch für Müll genutzt wurde.

»Hallo Weihnachtsmann, bist du noch da?«

Madita stand mit dem Tetrapack vor der Unterführung und schaute sich um. Gestern hatte er hier noch gesessen. Sie hatte ihn nur durch Zufall gesehen, als er sich im Halbdunkeln hierhinein geschlichen hatte.

»Bist du der Weihnachtsmann?«, hatte sie ihn gefragt, obwohl sie genau gewusst hatte, wen sie vor sich hatte. Der Mann im roten Kostüm mit Bart und Mütze konnte niemand anders sein.

Er schien etwas erschrocken und verdutzt zu sein, da ihm vermutlich nicht klar war, dass sein Kostüm ihn sofort verraten hatte und kleine Mädchen nicht anders von ihm denken konnten.

»Ja, irgendwie schon.«

»Ich habe dich gleich erkannt. Meine Mama behauptet, es gibt keinen Weihnachtsmann, aber jetzt weiß ich, dass sie falsch liegt.«

»Naja, eigentlich bin ich nicht der echte wahre Weihnachtsmann.«

»Und warum wohnst du hier und nicht am Nordpol?«, Madita zeigte auf die Decke, die er die letzten Tage genutzt hatte, um sich gegen die Kälte zu schützen.

»Ich bin schrecklich müde. Ich habe in den letzten Tage so viel arbeiten müssen, da dachte ich, dass ich hier schlafen könnte.«

»Das ist aber kalt!«

»Das stimmt«, resigniert schaute er sich im Durchgang um.

»Ich kann dir ja eine wärmere Decke bringen«, Madita war bereit, dem Weihnachtsmann zu helfen.

»Da bekommst du bestimmt Ärger.«

»In meinem Bílderbuch steht, dass man artig sein muss, sonst kommt der Weihnachtsmann nicht. Hast du auch eine Rute?«

»Nein, die habe ich nicht. Du bist doch bestimmt auch artig!«

Madita nickte: »Ja, aber Mama behauptet, es gäbe gar keinen Weihnachtsmann. Das wäre ein Märchen für Kinder.«

»Dann wäre ich aber auch nicht hier, oder?«

Madita nickte. Mama musste sich irren. Papa war sich ja auch nie so sicher gewesen. Er sagte immer, er wisse das nicht so genau. Er hätte ihn noch nie gesehen, das müsse sie selber herausfinden.

»Ich bringe dir eine Decke, Kekse und Milch. Das machen Kinder so beim Weihnachtsmann, oder?«

»Hallo, Weihnachtsmann. Bist du da?«, rief Madita heute ein zweites Mal.

»Ja, ich bin noch da«, der Weihnachtsmann schaute hinter den Müllcontainern hervor.

»Bitte schön«, Madita hielt ihm die hart erkämpften Kekse und Milch entgegen.

»Danke«, ihr Gegenüber schien gerührt zu sein.

»Mama glaubt nicht an dich, aber das ist egal. Ich habe dich ja gesehen und weiß jetzt, dass sie sich irrt.«

»Vielleicht hat deine Mama aber ein wenig Recht.«

»Nein, sie hat den wahren Weihnachtsmann noch nie gesehen und deshalb glaubt sie nicht an dich. Du kannst ja mit in unsere Wohnung kommen, dann sieht sie dich.«

»Das ist, glaube ich, keine so gute Idee«, der alte Mann wirkte etwas verlegen.

»Da ist es wärmer und dann gibt sie dir auch freiwillig ein paar Kekse. Vielleicht auch etwas zu essen. Warum wohnst du hier?«

»Weil ich kein Zuhause habe. Abends bin ich auf dem Weihnachtsmarkt und dann weiß ich nicht wohin. Ein Weihnachtsmann verdient nicht viel Geld.«

»Du verdienst Geld? Wofür brauchst du das? Ich dachte immer, du wohnst am Nordpol und bekommst dort soviel Proviant mit, dass du die ganzen Tage genug zu Essen hast.«

»Leider nein. Ich brauche genau wie deine Eltern Geld, um Essen zu kaufen und für ein warmes Zuhause reicht das leider nicht.«

»Das ist traurig. Das sollten die dort am Nord-pol aber mal schleunigst ändern. Ich werde Mama fragen, ob sie Geld für dich hat.«

»Nein, bitte nicht, das darfst du nicht machen. Ich schaffe das alleine.«

»Madita, wo warst du?«, Mama blickte erstaunt auf ihre Tochter, die zur Wohnungstür hereinkam.

»Beim Weihnachtsmann. Er ist sehr arm.«

»Madita, du lügst! Wie oft soll ich dir noch sagen: Es gibt keinen Weihnachtsmann.«

»Doch, er sagt, deine Kekse sind lecker.«

Papa lachte erneut laut auf. »Meine Tochter! Sie wird es im Leben weit bringen!«

»Morton! Ich finde das überhaupt nicht lustig. Sie lügt uns an.«

»Er wohnt da bei den Mülltonnen, wo alle ihre alten Sachen abstellen. Er ist sehr arm. Kann ich ihm etwas Geld geben?«

»Madita! Es reicht! Wenn du uns weiterhin anlügst, bekommst du Hausarrest und gehst gar nicht mehr vor die Tür.«

»Der Weihnachtsmann!«, Björn rief so laut, dass alle ihn hören konnten.

»Der nicht auch noch!«, Mama rollte mit den Augen und lief zu ihrem Sohn ans Fenster.

»Da!«

»Das ist er!«, rief Madita, erleichtert, dass alle ihn sehen konnten.

Der Mann im roten Mantel schaute nach oben und winkte ihnen zu, dann war er verschwunden.

Annika schaute Morton fragend an.

»Madita, hat Recht, es gibt ihn. Unsere Tochter lügt nicht!«, Papa hob die Schultern und lachte.

21. Dezember

Die mintfarbene Blechdose

Mein Vater hat sie als grün bezeichnet, ich habe immer auf mintfarben bestanden.

Waffeln, Butterkekse und Schokoladenbrezen waren darauf gedruckt. Der Boden rostete inzwischen schon, für frische Plätzchen war sie dieses Jahr wohl nicht mehr zu gebrauchen.

Ich hob den Deckel hoch: War es meine Phantasie, die mich Anis, Zimt, Kardamom und Sternanis erahnen ließ?

Phantasie, die meine Mama zum Leben erweckte, als sie mit zwei Backblechen gleichzeitig am Backofen hantierte? Flink den alten Fleischwolf drehte, um mit der anderen Hand die gezackten Teigstreifen in Empfang zu nehmen.

Und dann der 23. Dezember: Der Tag, an dem die verschiedenen Sorten akribisch gerecht auf die einzelnen Dosen verteilt wurden.

Wir waren zu sechst: Mama, Papa, Opa, meine beiden Schwestern und ich.

Und meine Dose war die besagte mintfarbene, die an Heiligabend an meinem Platz, direkt unter dem glitzernd roten Vogel mit weißem Kunststoffschwanz, unter dem Weihnachtsbaum stand.

Ein wahres Juwel, meine kleine Schatzdose.

Ich biss in den Keks. Das Knacken brachte mich zurück in die Wirklichkeit.

Zärtlich streichelte ich die alte Dose und schloss den Deckel. Möge der Duft mich noch viele Jahre an Weihnachten unter dem Baum, im Kreise meiner Familie, erinnern.

22. Dezember

Raclette oder Fondue

»Was gibt es Weihnachten zu essen?«

»Lass uns Raclette machen«, Lucia hatte sofort einen Einfall.

»Oh nö, da wird man doch gar nicht satt.«, Wolfgang schüttelte den Kopf.

»Aber Gans ist immer so fett...«, Lucia drängte auf etwas Neues.

»Das zieht sich aber immer so in die Länge, da haben die Kinder nachher auch keine Lust mehr«, ihr Mann schüttelte den Kopf.

»Es ist aber doch so gesellig.«

»Ja schon und nach dem Essen hat man immer noch Hunger«, Wolfgang schien nicht überzeugt zu sein.

»Dafür gibt es doch den süßen Teller. Als wenn wir Weihnachten nicht satt würden.«

»Ein Pfännchen, fünf Minuten warten und dann drei Kartoffelscheiben in den Mund stecken«, Wolfgang zog die Mundwinkel runter.

»Letztes Jahr Silvester fandest du es bei Anja und Ralf aber auch toll.«

»Da haben wir auf der Hinfahrt vorher schon Pommes und Bratwurst gegessen, anders hätte ich den Abend nicht überstanden.«

»Ach komm, so schlimm war das gar nicht. Vor allem die Auswahl, die sie angeboten haben.«

»Das hat man in drei Stunden gar nicht alles probieren können.«

»Das ist aber doch so schön, dass man jedes Mal eine neue Zusammenstellung unter den Grill schieben kann.«

»Und alle schlagen sich um die besten Plätze in der Mitte oder betteln, dass sie das eine noch übrig gebliebene Pfännchen mitbenutzen dürfen. Sven hatte letztes Jahr zwei Pfännchen, das Schlitzohr. Es war ja eins über, weil Michael nicht dabei war.«

»Es hat aber den Vorteil, dass man für jeden das Passende anbieten kann. Sonja verzichtet inzwischen ganz auf Fleisch und Carsten hat eine

Glutenunverträglichkeit. Beim Raclette ist jeder für sich selber verantwortlich.«

»Und wer trägt die Verantwortung für meinen Hunger?«, Wolfgang schaute sie flehend an.

»Gans, die wird völlig überbewertet! Raclette ist viel leichter, zumindest kann es sich jeder leicht zusammenstellen wenn er möchte. Dann lass uns Fondue machen. Da kann man sich an den Salaten sattessen«, Lucia versuchte, einen Kompromiss zu finden.

»Da rühren alle mit ihrer Gabel im Kochtopf rum, die sie vorher im Mund hatten«, ekelte sich Wolfgang.

»Blödsinn, die Fonduegabel nimmt man doch nicht in den Mund. Das Fleisch streift man mit dem Messer oder der Gabel ab.«

»Sag das mal den Enkelkindern, die beißen das Fleisch direkt von der Gabel ab. Ich übrigens auch. Es gibt ja nur alle zehn Minuten ein Stückchen. Und am Ende des Abends liegen mehr Fleischstückchen auf dem Grund, als du in den Mund bekommen hast.«

»Wenn man das richtig aufspießt, passiert das nicht«, Lucia ließ die Einwände nicht gelten.

»Und die Gabeln werden so lange hin- und her geschoben bis keiner mehr weiß, welche wem gehört. Und wenn man es zu lange drin lässt, ist es hart«, Wolfgang gingen die Argumente nicht aus.

»Du nimmst das Fleisch so früh raus, dass es noch nicht mal durch ist«, lachte Lucia.

»Eben, weil ich Hunger habe.«

»Bei Gans stehe ich aber den ganzen Tag wieder in der Küche.«

»Helmuts Frau hat letztes Jahr Gans to go geholt. Da brauchte niemand lange in der Küche stehen.«

»Wo gibt es denn so etwas?«

»Beim Fleischer, du bringst deine Kochtöpfe dorthin und holst sie am 24. Dezember morgens ab. Nur noch auf den Herd und alles ist fertig. Catering halt.«

»Schmeckt das denn?«

»Im Restaurant würdest du das doch auch essen.«

»Schon, da kenne ich aber das Restaurant. Telefon! Gehst du bitte mal dran, ist dein Handy.«

»Meine Mutter, ich soll dir sagen, sie hat die Gans beim Bauern wie jedes Jahr bereits bestellt und bringt sie gefüllt mit«, Wolfgang strahlte Lucia an.

23. Dezember

Allein auf dem Weihnachtsmarkt

Lena schloss die Luke der Holzhütte. Die kleinen Weihnachtshäuser sahen alle gleich aus und waren von der Stadt akkurat aufgereiht für den alljährlichen Weihnachtsmarkt aufgestellt worden.

Für dieses Jahr war es das letzte Mal, dass sie sie abschloss. Der Weihnachtsmarkt war offiziell beendet. Auch der letzte Zuckerhut war geschmolzen und alle Töpfe waren nun leer. Jene Besucher, die noch ein letztes Glas Feuerzangenbowle oder den letzten Becher Glühwein genossen hatten, waren auf dem Heimweg zu ihren Liebsten.

Sie blies sich den warmen Atem zwischen ihre gefalteten Hände. 28 Tage hatte sie im Inneren der Hütte gestanden und Mützen und Socken liebevoll in Papier eingeschlagen, damit sie sauber transportiert werden konnten. Sie hatte den Damen bei der passenden Farbauswahl beratend zur Seite gestanden und den unschlüssigen Herren ein Weihnachtsgeschenk empfohlen, ohne die Beschenkten zu kennen.

Jetzt war Stille. Das letzte »Jingle Bells« war verklungen und die Lichter bereits gelöscht.

Ruhe – eigentlich hätte sie diese nach dem anstrengenden Rummel der letzten Wochen genießen können. Aber für sie kam jetzt zu Weihnachten die Einsamkeit, die sie schmerzte, und sie war schlimmer als das Geschrei der Kinder, das Hupen der Karussells und die etwas zu laute, sich ständig wiederholende Musik.

Aber wohin?

Es war der 24. Dezember und niemand wartete auf sie. Kein Sauerbratenduft, kein festlich geschmückter Baum, keine Geschenke. Wie oft hatte sie sich die Gesichter der Beschenkten vorgestellt, wenn sie ihren Kunden das soeben erworbene Päckchen in die Hand gedrückt hatte. Sich vorgestellt, wer die beschenkte Person wohl sei, wie sie aussah und ob sie sich wirklich freuen würde.

Siebenundzwanzig Mal hatte sie nachts hier in der Hütte geschlafen, ohne dass es jemand wusste. Es durfte auch niemand wissen, es war verboten. Der Weg jeden Tag zu ihrem kargen Zuhause, fünfzig Kilometer entfernt, viel zu weit, um ihn jeden Tag zwei Mal zurückzulegen. Züge fuhren nachts nicht mehr und ein Taxi hätte mehr gekostet, als sie hier verdiente.

Heute am 24. Dezember dagegen war es schrecklich, so alleine zu bleiben. Sie erinnerte sich an die Geschichte von Christian Andersens Mädchen mit den Schwefelhölzern, auch wenn es heute Weihnachten und nicht Silvester war.

»Hohoho«, vernahm sie eine dunkle Stimme neben sich.

Die Frage wer er denn sei, war wohl unangebracht. Bereits Kinder wussten, dass man den Mann im roten Mantel mit Rauschebart und Rute Weihnachtsmann nannte.

Dafür stellte er ihr die Frage: »Und wer bist du?«

Durfte man den Weihnachtsmann belügen und sagen: »Ich habe es eilig, ich bin auf dem Weg nach Hause. Meine Familie wartet schon.«

Sicherlich nicht, ihre Mutter hatte ihr damals gedroht, der Weihnachtsmann sieht alles und somit weiß er auch alles.

»Auf dich wartet niemand, habe ich Recht?«, er warf den Jutesack auf den Boden.

Lena nickte.

»Auf mich auch nicht.«

»Niemand wartet auf den Weihnachtsmann? Alle Kinder warten bestimmt auf dich.«

»Am 24. habe ich abends ausgedient. Dann schert sich das ganze Jahr niemand mehr um mich.«

Er zog an seinem Bart und streifte ihn dann über den Kopf. Ein schwarzer Dreitagebart kam an der Stelle zu Tage, wo eben noch weiße Locken weilten.

»Ich habe dich in den letzten Tage beobachtet, du schläfst hier in der Hütte!«

»Das weißt du?«

Der Weihnachtsmann nickte: »Ja, ich habe gesehen, wie du jeden Abend die Tür von innen fest verriegelt hast. Manchmal schien auch noch kurz Licht durch die Spalten, aber vermutlich hast du dich schnell hingelegt. Ist das nicht furchtbar kalt hier?«

Lena nickte: »An den Schneetagen besonders, an anderen wiederum ist es gar nicht so schlimm. Ich bin meist von dem ganzen Trubel hier sehr müde.«

»Aber heute Abend ist es besonders schlimm. Kein Rosenkohlduft! Kein Zimtgeruch? Habe ich Recht?« Der Fremde kannte sich aus.

»Ich liebe Zimtsterne, aber ich komme nie zum Backen. Früher habe ich immer an Buß- und Bettag mit meiner Mutter Kekse ausgestochen. Das war Tradition, ich habe das geliebt und konnte es kaum erwarten, bis sie auf dem Teller lagen und wir am 1. Advent probieren durften.«

Der Weihnachtsmann, der inzwischen fast wie ein normaler Mann mittleren Alters aussah, griff in seinen eben abgelegten Jutesack. Lena hatte gedacht, dass er leer sei, aber da hatte sie sich wohl geirrt.

Er zog eine rote Schachtel, die mit einer grünen Schleife verziert war, hervor und legte sie ihr in die Hand.

»Für mich?«, Lenas Augen leuchteten ähnlich denen eines kleinen Mädchens, welches vor der Wohnzimmertür stand und erwartungsvoll wartete, dass das Christkind läutete.

»Mach sie auf!«

Lena zog an der Schleife und hob den Deckel: Zimtsterne und ein Weinglas.

»Wenn du mir einen Keks abgibst, bekommst du auch einen Schluck Rotwein von mir«, er zog den Korkenzieher mit einem Ruck aus der Flasche, die er ebenfalls aus dem Weihnachtssack hervorgeholt hatte.

»Ich hebe jedes Jahr ein Geschenk auf. Manchmal bekommt es jemand, der eilig nach Hause rennt, weil er das Büro erst spät verlassen konnte, manchmal ein Obdachloser. Heute ist es eine hübsche Frau, die nicht weiß, wer heute mit ihr Weihnachten feiern wird.«

Er hielt ihr das Glas entgegen und nahm ihre Hand.

»Prost. Vielleicht feiern wir ab jetzt jedes Weihnachten zusammen?«

24. Dezember

Mikołaj

In Polen wird das Weihnachtsfest sehr traditionsreich gefeiert:

Schon am Morgen des Heiligen Abends bereitet man das Menü vor, welches aus zwölf Gängen besteht, in Anlehnung an die zwölf Apostel.

Am Tisch wird immer ein Gedeck mehr aufgelegt, falls unerwarteter Besuch kommt, und oft liegt auch ein kleines Bündel Heu unter dem Teller – für die Tiere in der Krippe. Gegessen wird aber erst, wenn der erste Stern am Himmel zu sehen ist, und dies mit einer bunten Oblate geteilt wird.

Auf Fleisch wird an diesem Abend verzichtet: Auf dem Speiseplan stehen Fisch und Gemüse.

Man glaubt in diesem Land, dass der Ablauf des Heiligen Abends maßgeblich für das nächste Jahr ist, und so feiert die ganze Familie zusammen.

Heiße Erdbeermilch

2	Tafeln	Schokolade mit
		Erdbeergeschmack
		(Alternativ probiert
		eure Lieblingssorte aus)
150	g	Kaffeeweißer
80	g	Puderzucker
35	g	löslicher Kaffee

Lass die Schokolade einige Stunden im Gefrierschrank hart werden. So kannst du sie leichter feinreiben. Mische sie mit dem Puderzucker, dem Kaffeeweißer und dem Kaffee und füll das Pulver in ein hübsches Glas.

Dosierung:
Löse 5 Teelöffel von dem Gemisch in ca. 100 ml heißem Wasser auf und gib zusätzlich 120 ml aufgeschäumte Milch hinzu.
Kalorienbewusste nehmen nur heißes Wasser und auch die Variante mit ausschließlich Milch ist sehr köstlich.

Gut geeignet als kleines Geschenk.

Vielen Dank an Susanne Schaadt (R. I. P.),
Heike Wolpert und Ellen Minning-Beckmann
für eure großartige Unterstützung.

Weitere Weihnachtsgeschichten und Bücher von Silke Förster finden Sie auf:

www.silke-förster.de

Der Weihnachtsgipfel

Eine einheitliche DIN für Weihnachtskekse oder eine Steuer auf Glühwein und Plumpudding, das sind nur einige der vielen Fragen, die auf dem Weihnachtsgipfel diskutiert werden, um eine weltweite Norm für Weihnachten zu schaffen.

Santa Claus, Père Noël, Jultomten und hunderte anderer Weihnachtsmänner versuchen, sich auf ein einheitliches Weihnachten zu einigen. Wird es ihnen gelingen, das Fest der Liebe neu zu gestalten?

Satirische Weihnachtsgeschichte für große Kinder und junggebliebene Erwachsene:

Alter: 9-99 Jahre

ISBN: 978-3746013961

Kekse statt Böller

Der Weihnachtsgipfel und seine Fortsetzung.
Zwei satirische Weihnachtsgeschichten für große Kinder
und junggebliebene Erwachsene in einem Buch.

Der Weihnachtsgipfel

Eine einheitliche DIN für Weihnachtskekse oder eine
Steuer auf Glühwein und Glögg, das sind nur einige der
vielen Fragen, die die Weihnachtsmänner auf dem
Weihnachtsgipfel erörtern, um eine weltweite Norm für
Weihnachten zu schaffen. Santa Claus, Sinterklaas,
Jultomten und Hunderte anderer Weihnachtsmänner
versuchen, sich auf ein einheitliches Weihnachten zu
einigen. Wird es ihnen gelingen, das Fest der Liebe neu zu
gestalten?

Der Weihnachtsgipfel 2.0

Als wenige Jahre später Covid19 die Welt verändert und
viele Menschen alleine Weihnachten feiern müssen, setzen
sich alle Weihnachtsmänner dieser Welt online zusammen,
um zu überlegen, wie sie Weihnachten dieses Jahr gestalten
könnten.
ISBN: 978-3-756- 81997-3

Odello und der entführte Weihnachtsmann

Pünktlich zum ersten Dezember kommt Odello, der Adventskalender-Nikolaus zu Marlon und Marie.
Als der echte, wirkliche Weihnachtsmann und alle Weihnachtskekse entführt werden, ist auch Odello plötzlich verschwunden, um dem Weihnachtsmann zur Hilfe zu eilen.
18 Tage lang backen die beiden Kinder eifrig Kekse für das Weihnachtsmanndepot, damit auch alle Kinder auf dieser Welt Plätzchen zu Weihnachten bekommen.

Eine Weihnachtsgeschichte von Silke Förster, illustriert von Ralph Billmann für junge und junggebliebene Leser ab drei Jahre.

Paperback ISBN: 978-3732249473

Hardcover ISBN: 978-3732249930